U0801146

大雅

为一种品格注脚

希尼系列

电灯光

[爱尔兰] 谢默斯·希尼　著
Seamus Heaney

杨铁军　译

广西人民出版社

给马修和卡洛琳

目 录

辑一

003 在图姆桥边
004 鲈鱼
006 羽扇豆
007 从包里出来
013 巴恩河谷牧歌
017 蒙大拿
019 马厩
024 图尔宾之歌
026 边境袭击战
028 所知世界
035 阿斯图里亚斯的小颂歌
038 巴利纳欣奇湖
040 衣服的圣殿
041 红白蓝
046 维吉尔：《牧歌》第九
052 格兰默牧歌

057　来自希腊的十四行
063　讲盖尔语的地方
064　真名实姓
074　书架
078　维特鲁威
080　旁注诗十则
090　断片

辑二

093　关于他的英语作品
098　仿奥登
103　致齐别根纽·赫伯特的阴影
104　“要是他们还活着”
109　最后的时光
111　阿里翁
112　身体和灵魂
115　从克劳莫尼到阿哈斯克拉夫
118　斯茹斯
121　看视病人
123　电灯光

127　**译后记**

辑一

在图姆桥[1]边

　　　　那里平坦的水流
从内伊湖[2]流出之后溢过堤堰
看起来像越过了地平线的尽头
闪闪发亮，落入巴恩河的
绵延不断的现在进行时。
　　　　那里设过检查站。
那里九八年的反叛少年[3]被绞死。
那里野外空气里的负离子
对我来说是诗。正如此前有一次
肥美鳗鱼的黏液和银光，也是。

---

① 图姆桥（Toomebridge），亦指桥边的村子图姆（Toome），图姆村也称图姆桥村，主要产业是捕捞加工鳗鱼，位于北爱尔兰最大的淡水湖内伊湖（Lough Neagh）的西北角，希尼出生在附近。

② 北爱尔兰最大的淡水湖，巴恩河（Bann）被内伊湖分为上下两段，盛产鳗鱼。

③ 指的是反抗英国人统治的“联合爱尔兰人”罗迪·麦考利（Roddy McCorley），1798 年被捕，两年后在图姆桥附近被绞死。

鲈　鱼[①]

水中枝上的鲈鱼悬垂于巴恩河
靠近黏土岸，尽是桤木斑驳和漾动的清澈，

我们称作“小咕噜”的鲈鱼，流水的线疙瘩，短小、倏然欲动，
我以前看到现在也看到河水光耀的体内虽可穿行

却被它们顽固地把守着这通道，
在水的屋顶之下，河床之上打盹，

迎面吞噬流水，鼓起肌肉，咕噜噜地
在满是鲈鱼鳍的世界[②]，桤木的沼泽世界里

① 鲈鱼，Perch，和第一行的水中栖“枝”是一个词，作者连着用了几个perch，得靠上下文判断其含义，这个文字游戏是本诗的核心，但汉译却无法表现。另外，水中的栖枝应是反射，而非实象，“水中枝”的翻译因“水中花”的联想，更能给人以虚实对比的感受。

② The finland of perch，同时也可以解释为满是桤木的世界。另外，诗人在这里用finland（芬兰）这个词，在此可以理解为陌生的外国，但上下文的意义关系却又把这个词分解为fin＋land，也就是鱼鳍的世界。总之，这个多重语言游戏是无法翻译的，在原文中才能体会到其巧妙之处。

以水作为空气，在巴恩河水的地毯上，暂定于
万物皆流、奔涌无休的世界。

羽扇豆

它们站着。只站着。便具备某种意味。
等待之中。没空的样子。但肯定没错，
就是在那儿。有把握，更不折腰一退。
玫瑰红手指之晨、海军蓝之夜的花朵。

从种子包开始，粉色、天蓝色，
筛去的轻及颤抖不安的小承诺：
羽扇豆的尖尖顶、未来的色情，
蓝天的唇刷、大地深深的挽留。

哦蜡笔小塔，荚壳，末端抽细的茎，
牢牢站定，不管我们一整夏的徜徉，
即使它们变得发白了也绝不会退缩。
所有这些，都没有超出我们的理解。

从包里出来

一

我们都来自科林医生的包里[1]。
他带着包来，进入房间，
当他重新出现，在厨房水池里

冲洗他窥探的、红润的、
绵软大手时，包分隔的内部
（史宾格犬内耳的颜色）

敞开了谁都能见，解了栓扣的
弹簧夹，口子大开。不像催眠师
将我们放松，他把器械

放回各自的槽里，系上裹布
好像系围裙一样把它们缠紧，
随后来到门后，拿着包离去，

---

① 希尼弟妹九人，他是老大，都是科林医生接生的。

一个龙骨撑起的鼓囊囊的方舟……
直到下一次，他又来到这里，
穿毛领子，也是史宾格犬的颜色

缩肩进房间，过处一股微微的
消毒水味，里面的缎子坎肩，闪着
荷兰室内画的微光，还有发亮的产钳。

下一步就是把水准备好——
不能太热，也不能温吞吞，而是集雨罐
接来的，泛着泡沫的甘美软水，为他存起来

供他术后享用，却不会得到任何
表扬，他用毛巾猛力快速擦拭
然后突然双臂向后伸开，被

服侍着，丝绸般滑入驼毛大衣。
这时，他转过来用眼睛看我，闪着
极北之地[①]北风所起之处的蓝色，

两个窥视孔，每次他的名字被提到
我都可以透过它们，看上锁的房间的
脱脂牛奶加冰，锃亮的瓷具，洁白

① 希腊神话中的Hyperborea（极北之地）位于色雷斯之北，Hyperborea人住在“北风所起之处”。

冰冷的瓷砖，钢钩，镀铬手术器具，
冷冷的每面墙壁角下，堆着锯末，
血水渗入、凝结。头顶悬挂的是

小小的，奶嘴色的婴儿身体部位
整齐串在贴近天花板的绳子上——
一只脚指头、一只脚和胫、一只胳膊、小鸡鸡

有点像他别在扣眼里的玫瑰花苞。

二

饱学诗人皮特·李维[①]说
阿斯克勒庇厄斯[②]的圣庙（称作**阿斯克勒庇央斯**）
相当于古希腊时期的

医院。或如**饱学诗人**格雷夫斯[③]所说，
相当于卢尔德之地的圣庙[④]。或如我所说，
相当于诗的不强加于人的

---

① “饱学诗人”原文用的是拉丁文 poeta doctus，皮特·李维（Peter Levi，1931—2000），诗人，牛津大学诗学教授，英国皇家文学学会院士。

② 阿斯克勒庇厄斯（Asclepius），古希腊神话中的医神。

③ 罗伯特·格雷夫斯（Robert Graves，1895—1985），英国作家。

④ 法国著名的天主教朝圣地，附近的泉水、草等传说有治病功效，希尼曾在亲戚的资助下去卢尔德（Lourdes）朝圣，诗里说是 1956 年，也就是希尼中学期间，但希尼访谈录《踏脚石》说是 1958 年，那时希尼 19 岁，在贝尔法斯特昆斯大学读书的头一年。

疗伤作用，因为我意识到埃皮达鲁斯[1]
那块地方，整个就是一个
带剧院、体育馆、浴场的疗养院，

一处孵化之地，这里，“孵化”是
技术性和仪式性的，指的是当顿悟
发生，或你遇神之际的沉睡……

没戴帽子、疲惫不堪，那是五六年，
在卢尔德，我扮作捧香的侍祭，
混在露天行进的队伍中间，

几乎在炽热和臭味中晕倒，
再说一遍，我几乎晕倒，当弯下腰
去拔一捧草时，我陷入了幻觉

科林医生在我们被蒸汽模糊的
厨房玻璃上，用他粗大、粉红的食指
画了几个男人，脸由圆点构成，

一排纽扣大的圆点，往下勾勒出身体的正面，
还有圆点乳房的女人，再给他们所有人
一套蔫蔫的香肠胳膊，以及很快就会

---

① 埃皮达鲁斯（Epidaurus），位于希腊半岛东南端，相传是医神阿斯克勒庇厄斯诞生地，遗迹尚存，是联合国世界文化遗产。

跑起来的腿。随后，当他再次把手伸入
泡沫丰富的水流中时，发生了奇迹[①]：
那些婴儿部件聚拢在一起，游入

他沾着肥皂泡的干净卫生的大手里，
而我却惊醒了，眨着被汗水模糊的
双眼，在无风的阳光下颤抖。

三

拔出的草簇，我寄给
那位即将化疗的人，寄给
那位挺过了化疗的人。我不想

离开这地方，也不想和其他人会合。
那是五月中，正午，那位神灵的领地，
阿斯克勒庇厄斯的神庙所在，

洒着游客来临之前的阳光。
我不求更多，只愿躺下来
没入猪草中，没入撒种成活的草丛中，

并在白日之眼的注视下，被他的女儿

---

① 原为拉丁文 miraculum。

许癸厄亚[①]探访，她的名字依然照亮世间，
既然她曾是光明的庇护所，不灭之门。

四

我和我们几个从中出来的房间
还是完全的现实，我一个人在那儿站着，
让时间流过，这时她还睡着，

因医生来而披的被单是新婚礼物，
散发日常、功用、新婚的气息，
一再出现于出生和死亡的场合。

床边的我，直似进入孵化状态，
凝视着她，趁她阖眼、睁眼之际，
出现在她的眼前，然后她又退到

恍惚缥缈的笑容里，每次我都会
进入这笑容的视域，辅助她，
被她胜利的嘶哑低声问道：

“你觉得医生
在我睡着的时候给我们大伙儿带来的
这小婴儿怎么样？”

---

① 许癸厄亚（Hygeia），医神阿斯克勒庇厄斯的女儿，代表健康、清洁、卫生。

巴恩河谷牧歌

西西里的缪斯，让我们唱些更重要的东西

——维吉尔，《牧歌》第四

诗　人

巴恩河谷的缪斯，赐我们一曲值得唱的歌，
某种像幕布一样，从事情就这样发生了
或起初[①]等词句之中冉冉升起的东西。
帮我取悦我的树篱学校[②]校长，维吉尔，
和就要出生的孩子。也许，上天啊，为了
她和她的同代人有更好的时光而歌唱。

维吉尔

如下是我的话语，你必寻找处所安置：
诗歌、秩序、生育、时代、国家。[③]
即便在此阶段，它们之精粹在你的语言

---

① 引自《圣经·创世纪》1：1：起初，神创造天地（和合本）。
② 爱尔兰18、19世纪的乡村学校，但不一定是露天。
③ 原为拉丁文，Carmen，ordo，nascitur，saeculum，gens。

和行省中应已清晰。诗歌、秩序、时代、
国家、错误和更新，然后是一个婴儿的诞生，
一次对所有陈腐之气的涤荡冲刷。

不管你为何所污，把它擦进自己的身体，
泥斑、胎记，如罗慕卢斯城壕[①]的血土
铸成一体。但是当羊水破裂，
巴恩河的水流将会泛滥，旧标记
将不起作用，再无法把东岸和西岸区分。
河谷将像新生的婴儿被冲洗。

诗　人

太平世界[②]：您的话说得太满了。
甚至自身就是“球体”[③]。还有什么能够匹敌？
可是，上个月中午日食[④]的时候，风停了。
鸟不见了，黑暗，千年的寒冷在聚集。
一种稳定下来的原初性，一种最终性，一种新生的明悟

---

① 罗慕卢斯（Romulus）是罗马神话中的罗马城奠基人，有说法称他在修建罗马城的地基壕沟里杀死自己的孪生兄弟雷穆斯（Remus）。

② 太平世界（Pacatum orbem），参见维吉尔《牧歌》第四第17行，“他要统治着祖先圣德所致太平的世界”（杨宪益译）。

③ 球体的拉丁文是“orb”，上一行“太平世界”拉丁文中的世界是“orbem”，由orb＋em组成的，所以这句是从上句发展而来的文字游戏，用来表示对维吉尔论断的怀疑和讽刺，但本节的下文却说“诗人”确实因日食看到了那个球体（也就是太平世界），这个文字游戏因此获得了一个巧妙的循环的闭合。

④ 这里指的是1999年8月11日中午时分在英国等地可见的日全食。

产生于“名”成为“知”的那刻：我看到了那球体。

维吉尔

日食不会降临这婴儿。她所知道的阴凉
将只会是婴儿车篷挡住她纯洁的头。
车轮的辐条里会嵌满大狗菊①。
她将在夏天的傍晚躺着，听到的是
挤奶棚传来的叮叮当当的声音。
愿她永远别在近旁听到枪声爆炸声。

诗　人

不知为什么我想起圣帕特里克节②的早晨，
我被母亲差遣，到火车铁轨上采那些
不忍亵玩的小三叶草，那些车轴草
缠绕、勾连、攀爬、坚硬、细小的根茎
到处都是，甚至枕木间的石头里都有。
露珠的鳞片从叶子上摇落。泪管撒着圣水。

孩子你就要来了，要不了太久你就会
降临我们中间。你妈妈已显出迹象，
黄昏时分散步，走在又大又圆的草捆间。

---

① 也就是法国菊或牛眼菊。

② 纪念爱尔兰的主保圣人圣帕特里克（St. Patrick，385—461）的节日，每年3月17日举行，后来成为爱尔兰的国庆节。

行星地球像一只悬垂的磨牙圈
被它的世界之链吊着。你的婴儿车在角落等候。
奶牛在外。他们冲洗挤奶棚的地板。

蒙大拿

牛棚的门开着，上半扇开着，
在我回头看的时候。那时我五岁，
多劳汗站在那儿看我离开，
约翰·多劳汗，本地方圆一带

最好的挤奶工。他唱
《月亮硬币的玫瑰》[①] 时，头歪向母牛。
他会旋转着餐刀，当刀尖指向我
停下的那刻，一道亮白轨迹

在我们之间打开，如毫无道理的
一次相认，如我对他的记忆：
站在半截门后，把遮光罩托起。
即便如此，他还是像一个幽灵，

一个来自自由邦[②]的流浪汉兼赌棍，

---

① 月亮硬币（Mooncoin）是爱尔兰小镇。这首歌曲由瓦特·墨菲作于1922年，纪念他失去的爱情。

② 爱尔兰自由邦，根据英爱条约成立于1922年，一开始包括全爱尔兰32个郡。

在星期天早上，巴特勒桥下，
所有眼睛，随抛起的硬币升高、变慢
然后落下来，没入挤作一团

扔硬币赌钱的那群人中。阳光映着
远处铁轨，涂焦油的枕木和发烫的石子。
而多劳汗，在蒙大拿打过工的多劳汗，
一整天不用干活儿，待在桥拱的阴凉下。

马 厩

昏暗的里间，斜斜往下的木条，
从齐胸的横梁，一直紧钉到马厩的墙角——
干草架经年累月，磨得光溜溜的。

挂着口袋的托架……一股被丢弃的、深沉的寂静
从无味、无污、纤维状的马粪散发而出。

*

帕特里克·卡瓦纳[1]曾在录音里说
关于土地属性的任何谈论，总都包含
健康和价值的因素。沙化、泥泞、
苔藓遍布，沉重、寒冷，真实的土壤
几乎谈不上重要性；主要的问题
在于一种内部的复原，一种从对词语的
安排中而获得的紧紧把握，让你觉得
你在“脚踏实地”中，在你自己的
理解力的地面上，双脚牢牢地站定——

---

① 帕特里克·卡瓦纳（Patrick Kavanagh，1904—1967），爱尔兰著名的诗人。

就像赫拉克勒斯顶替进来，站在
阿特拉斯的天楣[1]下，他接地气、冲动的
样子跟我谈论这马厩时没有不同。

*

他们发现一个婴孩，裹着襁褓，
放在马槽里[2]。
　　　　但这穿尿布的石膏孩，
裸露婴儿胸的**僵硬**[3]小活物，
胳膊弯曲、指甲似种子，只余光泽和寒冷——
看起来一点都不真实。
　　　　　　　　　也看不到
干草架。
　　　　结实的牧羊人弯下腰，
驮重物的驴子，约瑟夫，玛丽，
每个人物，在这冬天的草料房[4]中，都被真实地
安排在合适的地方。甚至还有真的干草
堆在圣坛侧面。有一头不成比例的，
太像陶器的，跪着的母牛。还有彩灯，

---

① 希腊神话中泰坦族的阿特拉斯（Atlas）被宙斯惩罚，用双肩支撑起天空，赫拉克勒斯（Heracles）被他欺骗，替他撑起天空，最后阿特拉斯被聪明的赫拉克勒斯愚弄，重新把天扛在了自己肩上。

② 见《圣经·路加福音》2：7。

③ 原为拉丁文 rigor vitae，应该是反用 rigor mortis（尸僵），直译的话应该是“活僵”，这里形容石膏婴儿的僵硬。

④ crib，也有婴儿床、食槽的意思。

但不，不，没有满抱的草料搂不住而落下……

我在圣坛的围栏外跪下，
几乎不敢承认自己的失望[①]。

*

作为马厩的孩子，我少年时读了
托马斯·痛·哈代[②]，从而长得更为稳当[③]——
奇怪，我读的不是他的《平安夜》
讲公牛卧在棚子里草料上的故事，
而是《德伯家的苔丝》里的打谷场景——
那场景放大了我的灵魂。机器怒吼，
脱粒机突突地摩天，战栗的车辙，
一个无头的特洛伊木马从
应该是头的部位吐出干草，下颌
如咀嚼的阶梯——嗡嗡地蠕动，
同时，帆布带被飞轮带着，
剧烈地下卷侧滑，如果你不注意
能把你的头卷掉。打谷天

---

① let down to myself，这里应该是双关，一方面指屈伸下跪，身体位置放低，另一方面，是让自己失望。

② 指著名的英国小说家、诗人托马斯·哈代（Thomas Hardy，1840—1928），他的中间名不是dolens，作者把拉丁语dolens（悲痛）作为哈代的中间名，并且斜写，明显是一种有意为之的文字游戏。所以这里没有音译，而是意译。

③ Stable，既有马厩之意，也有稳定、牢固的意思，所以马厩里（或稳当）的孩子，长大了更马厩（更稳当）。

尘土与汗水齐飞的混乱和疯狂，
全部都回流了，填料人在顶上
如阿兹特克[1]人的祭司从柴堆高处
戳开分叉的草捆，喂入转筒。

秸秆吞入后变得松垮，粮袋肚子鼓囊囊，
静夜里[2]谷糠皮堆成一道道小山，
四个轮子震颤、鼓劲儿处，土被翻起。

*

迈克·柯林斯[3]，被伏击于毕阿那布拉[4]，
亦即花关、花隘，属于他自己的、
花朵漂浮的、柔软的阿弗勒斯[5]入口，
却什么都抓不住，那又一次全属自愿的
最后的下沉，先见性地、深深地落到
干草铺就的地板，还在童年时，就陷过他一次，

---

① 阿兹特克（Aztec），14世纪到16世纪的墨西哥古代文明，有活人献祭的传统。

② 这里应该是用了托马斯·摩尔（Thomas Moore，1779—1852）著名的诗句Oft，in the stilly night（常常，在静静的夜晚）。

③ 迈克·柯林斯（Michael Collins，1890—1922），爱尔兰革命领导人，担任过国民军总司令等很多职务，爱尔兰内战期间被伏击身亡。

④ 毕阿那布拉（Béal na Bláth），爱尔兰小村庄，字面意思是“花之口”，和下一行的“花关、花隘”意思相同。

⑤ 阿弗勒斯（Avernus）是意大利那不勒斯附近的火山口，火山口中央是一个湖，是神话中通向地狱的门户。维吉尔笔下的埃涅阿斯就是从附近的一个洞进入地下。

穿过阁楼的活门，那铺了干草的入口，
沿松动的草料槽滑落，草料飞溅……

这就是人们讲述的、被他的传记作家
重新述说过的柯林斯：
　　　　他少年时期的英雄事迹之一
就是进入那个干草缝的隐蔽下颌
而重新站了起来，一点伤都没受，
穿过重重的孢粉帷幕，并呼吸到新鲜空气。
不管这是真是假，他坠落中的坠落，
那穿过花朵地板的坠落，使他在
一个理解力的地下世界，站了起来，
比任何新闻纪录片里的遗体告别式、
炮车载运棺椁的画面，或气氛低沉的
送葬队列，所能做到的都要更好。

　　　　　　　至少可以如此讲述，
鉴于这场马厩谈话的必须性和随意性。

图尔宾之歌[①]

我们管它叫马枪：
枪身是光滑的嵌铜，
两只枪机双耳般张开，
两个斑驳的金属枪管，
熏黑的鼻孔齐平。

放置于楼下卧室门
上方的托架，我们渴望
感受它幽灵般的重量，
两根手指扣住两个扳机，
整个手握住枪柄。

那个大北路[②]在哪儿呢？
还有谁骑马戴一顶三角帽？
鲍勃·库什里[③]和他的母驴？

---

① 图尔宾（Richard "Dick" Turbin）是英国18世纪著名的"公路骑士"，也就是劫匪。死后逐渐传奇化，广泛出现在歌谣、文学作品、舞台戏剧中。

② Great North Road，英国历史上著名的大北路，从伦敦通往苏格兰，图尔宾曾在沿途出没。

③ 据希尼访谈录，鲍勃和下文的奈德都是他本乡人，不是出名的公众人物。

奈德·凯恩赶着他的双轮马车？
这家伙完全不合时宜。

当我从斯坦利·库布里克的
电影[①]片头抬起眼睛时
一把马枪翻滚着从这
世界之门的上方落下
那是在一九四八年

或四九年，我们穿越了时光，
终可以用手把玩它
而它却在那里，破成碎片。
风穿过敞开的草棚。
我随那些大猩猩抬起双眼。

---

① 这里指的应是库布里克（Stanley Kubrick，1928—1999）拍摄于1968年的科幻片《2001太空漫游》，片头是长达数分钟的漫长的黑屏，然后是人猿抬头并发现一块巨大的黑石板的镜头。

边境袭击战[①]

——给内丁·戈迪默[②]

烟熏污痕顺法院的墙体冲下，
屋顶砸了一个洞，椽子还在雨中
冒烟。
　　　　　　　我听到“袭击”这个词
是一九五六年，在圣·科伦布中学，
这个词让我喘不过气，让我和宿舍天窗上方
移过的天空之间的距离完全消弭，
那天早上，海厄若特宫[③]的野蛮行径发生后，
天空应该也是如此移动，静静反映在
格兰戴尔从小路到沼泽，所留下的
那些巨大爪印的积水中。

---

① 爱尔兰共和军于1956年12月12日在北爱尔兰边境六郡袭击了大约10个地点，希尼时年17岁，是圣·科伦布中学的寄宿生。

② 内丁·戈迪默（Nadine Gordimer，1923—2014），南非女作家，1991年获得诺贝尔文学奖。

③ Heorot字面意思是鹿苑，《贝奥武甫》里国王的宫殿，是人类文明和国王权威的象征。往下两行提到的格兰戴尔则是一个除了贝奥武甫，所有人都恐惧的恶魔。贝奥武甫砍下格兰戴尔的一整条臂膀，爪子钉起来吊在屋檐下。

那么所有记录下来的
和将要发生的，我也是参与其中的一分子，
和那些沿着道路奔驰的部落首领一致，
他们是去看被贝奥武甫高高钉在山墙上的
巨爪，天还在移动，浩然广大。

那个残暴的野蛮人身上每片指甲
和爪尖，每段距骨、颈羽和手的倒刺
都像一枚刺进晨露的钢齿。[①]

① 这一段引自希尼翻译的《贝奥武甫》第983—986行。

所知世界

“没有问题！”[①] 马其顿
出租车司机尖叫着，出租车尖叫着
经过每一个没有围栏的拐角，
然后加速。
　　　　　　“Beria！ Beria！ Beria！”[②]
弗拉基米尔·楚波斯基每砸一个
伏特加酒杯并再斟满一杯时都这样尖叫着，
那是七八年的斯特鲁加诗歌节，我们
夜以继日，几乎没有
清醒的时候。
　　　　　　拉斐尔·阿贝尔蒂[③]
是个“获奖者”，凯·韦斯特保，
穿黑条绒的芬兰版哈姆雷特，
“照例”流着汗（也许不过是我这个
穿呢绒的北方佬相反的投射？）

---

① 原文是塞尔维亚语或克罗地亚语，nema problema。

② 某种东欧语言，语意不详，根据上下文，应该是“砸”的意思，或劝酒的助兴词。

③ 拉斐尔·阿贝尔蒂（Rafael Alberti，1902—1999）是西班牙诗人，“27一代”的代表人物之一，白银时代重要的作家之一，西班牙内战期间因为反对弗朗哥，被迫流亡，20世纪70年代弗朗哥去世后才得以回国。

还有："汉斯·马格努斯·恩岑斯贝格尔[①]。
出人意料。外表时髦，头戴巴拿马草帽，
身穿熨烫平整的米色亚麻布西装。他这样
竟也混了过去。"

还有个先锋派

预言家，丹麦人，眯缝着眼斜视，
他的眼清澈如奥赫里德湖[②]里的水
和珊瑚湖床。他和我说的第一句话是：
"难道不是你吗，这些镶嵌画和圣母玛利亚像？
你是个南方佬。你的沼泽是夏天的沼泽。"

*

在贝尔格莱德，我找到了我东方中的西方。

"小店铺和小店橱窗，流露贝尔玛利特[③]
的忧郁。过期面包，听装豌豆。
还有，街上的那些贝尔玛利特老人。
围着黑巾、端直行走、眼神警惕、佩戴珠串。"

---

① 汉斯·马格努斯·恩岑斯贝格尔（Hans Magnus Enzensberger，1929—），重要的当代德国诗人之一。

② 奥赫里德湖（Lake Ohrid），位于马其顿和阿尔巴尼亚边界的山间湖泊。

③ 贝尔玛利特（Belmullet），爱尔兰西北沿海的小镇。

但当我看到有人戴着菲斯帽[1]，所知世界一下子陌生了，
和着一杯咖啡那短促、甜滋滋的泥石流猝然而下[2]。

*

粘蝇纸吊在我们厨房的天花板上，
位于四个方位基点的静止中心，
蜂蜜抹条和死亡陷阱，大麦糖味儿的
令人厌恶的齁甜……
　　　　　　　　　那是一九五零年代，
铁炉子和家族纽带还都存在，
黑压压的会众挤满
夏日道路的长和宽。
　　　　　　　　　　　而现在，难民们
纷拥而来，在拖拉机的挡泥板上、农用车上、
拖车上、运草车上、手推车上、婴儿车上，
拄着棍子、拐杖，倚靠着彼此肩头，
我再次看到它盘绕的长队，像冥河糖浆，
世界不停地从一个古老的金色世界之链脱落
进入照相机镜头滚沸的云中。

难道我们不是为夏日、荫翳和阴凉而生，

---

① 土耳其毡帽，通常有吊穗装饰，被西方人看作东方穆斯林的象征。
② 这里的咖啡有可能暗指一种名为“泥石流咖啡”的鸡尾酒，这种酒用咖啡、伏特加和奶油制成。

透过一扇打开的门欣赏阳光？
因为失去了乐园？这就是我接受的教育？

*

悲剧在继续发生，却无法理解，
且离非正常只是一步之遥，这种
亘古未变的感觉从未离开过我……
很遗憾我那时不知道（多亏了凯①）
雨果·西姆博格②关于芬兰的隐喻，
那幅画里受伤的天使，由两个农场少年
抬着，穿过一片空旷的田野：
沼泽地，河口的光，另一边海岸上
工厂烟囱竖起。是社会主义的三十年代
还是大伤害期间③留下的页岩、矿渣和泥地？
第一位有着白色大翅膀的圣天使，
白绷带包着前额，手里拿了几枝白花，
在临时绑扎的担架上稳住自己，
处于头戴圆边软帽的大男孩一号，

---

① 应该指的是本诗第一节提到的芬兰诗人凯·韦斯特保（Caj Westerburg），瑞典诗人特朗斯特罗姆的芬兰语译者。

② 雨果·西姆博格（Hygo Simberg，1873—1917），芬兰著名画家，画作《受伤的天使》2006年被投票选为芬兰的国画。

③ 指的是1866—1868年期间发生在芬兰的大饥荒，有15%—20%的人口因饥饿或疫病而死，主要因为1866年夏天的多雨天气，导致土豆等根茎作物大面积腐烂，第二年冬天过于严寒，直到6月份江河湖水尚未解冻。

和身穿紧身短夹克、脚蹬也许属于
他父亲的雨靴的大男孩二号之间。
这只是寓言，我说，但又有谁知道
理解悲伤的正确方法，假如理解可能？

*

打开的门、门的边框、磨光的门槛，
还有门前台阶那真实的花岗岩。
这时来了另一个天使，英俊如常，
逾越每一栋台阶涂“塞尔维亚之屋”字样的房子。

*

真实怎样变成了编造？
问我个容易点儿的。
　　　　　　　　我只知道这些：
出租车司机，尽管开得飞快，还是迟到了，
那是一场我们都得上台的诗歌
朗诵会，在山里的水泥厂举办。
和经理同志进了一顿纯是酒的午餐，
结束于小睡，太阳落山之际
才晕晕乎乎醒来。之后，笔记上说：
“人们在移动，田野满是人，
载箩筐的驮马，上坡路上推挤着
一家一家的人，川流不息的朝圣者。

今天是工人节，纪念
总罢工。也是希腊正教的
圣母玛利亚节。”

　　　　　　　我们沿干涸的河床走，
天渐黑了，石子咯咯响，被人群的低语
淹没。我们经过一个圣水祈福者，
他分踩两块石头，有一种埃尔·格列柯[①]的憔悴，扎着束带
（弗拉基米尔说“他是魔法师”），挥动十字架，
在那些高高举起的锡盒和罐子之上。

随后，在山顶，一个教堂外，
人们抬着圣像，点着蜡烛，花儿
和甜罗勒多不胜数，在圣幛的
遮挡下举行某种弥撒，
香炉摇晃着从人群里抬过。
我似乎见识过类似的场面，知道怎么回事，但还是
被它困扰，就像一场无法解读的梦。
各种圣物的贩卖。三五成群的人
走了一整天，现在围成圈，
容许自己品尝一口面包和橄榄。

---

① 埃尔·格列柯（El Greco，1541—1614），西班牙文艺复兴时期画家，被认为是表现主义和立体主义的先驱。他的画中人体多瘦长弯曲。

*

当波音飞机的内脏震颤，我们
拜汉莎公司所赐，爬升到纯粹的
宁静之中，被空中管制的协议接管，
我按照指示系上安全带，
禁止吸烟的灯刚熄就点上一支烟
并在给我倒红酒时心安理得
傲慢地[①]微侧戴耳机的头。
没问题。**扎**[②]。所有系统运转正常。

1998年5月

① 原为法文 de haut en bas。
② “没问题”原文是马其顿语，见本诗第一节注。“扎”可能是某种欧洲语言中表示肯定的叹词。

阿斯图里亚斯的小颂歌[1]

一

午夜时分，当我们向下
进入希洪炽热的峡谷，
直奔主题[2]，进入它的黑色和暗红色中，
仿佛很久以前一个大风之夜，
在一堆点燃的报纸呈扇形
张开的唇和暗红的大嘴前面，
我那张脸再一次感到滚烫，火花
从中裂开、刮走，空中乱飞的小火船
威胁到茅草房和草堆——
因此，在那些火炉和炼油厂宏大的
火苗前，我们几乎慌乱起来，

---

① 阿斯图里亚斯（Asturias）是西班牙的自治区。下文提到的希洪（Gijon），彼德拉斯·布兰卡斯（Piedras Blancas），圣胡安·德·阿瑞纳斯（San Juan de las Harenas）都是阿斯图里亚斯境内的城市。颂歌（canticles），指的是《圣经·诗篇》之外的赞美诗篇。

② 直奔主题（in medias res），一种从荷马史诗就已开始运用的叙事手法，先从事件的中间开始叙述，然后通过闪回、对话等方式交代以前发生的事，最早明确指出这种手法的是罗马诗人贺拉斯。他在《诗艺》中说，荷马史诗没有按时间顺序从海伦出生的那枚卵而是从故事的中间开始叙述。

夜班工人娴熟自如地工作，
而我们失去了所有看地图找对路的希望，
加速，诅咒这地狱般的道路。

二

第二天早上去彼德拉斯·布兰卡斯的路上
我感觉像一个魂灵，被人祈祷。
我看到有人用镰刀割再生草，
三叶草上的蜂窝，卷扬机和一个神龛，
玉米般的金色货物装在筐子里。
我是一个刚刚来到此地的朝圣者，
却像来到了自己的家乡一样：
盖尔语区，一九五零年代，
在那儿我会受到欢迎，但在路边田间
劳动的家家户户却对我毫不在意，
他们会从另一个世界观望、向我招手，
正如彼德拉斯·布兰卡斯一带尚存的风俗。

三

在圣胡安·德·阿瑞纳斯
一个令人身体舒畅的好天气。
两条河在阳光下交汇。
水道在平沙上留下印迹。
大海在沙滩外安静、闪亮。

下午，**大荣耀颂**[①]的歌声中，海鸥
在空中起伏、飞掠，如辅祭男童[②]，
它们迅捷地转弯、拉远，相互
应答，回荡在远处孔波斯特拉的
大教堂般的昏暗中，**斯特拉，斯特拉**[③]。

---

① 大荣耀颂（Gloria in Excelsis Deo），拉丁文的意思是：荣耀归于至高的主。

② 辅祭男童，协助神父进行弥撒的助手。

③ 孔波斯特拉（Compostela）是西班牙加利西亚的首府，相传是耶稣十二门徒之一雅各安葬的地方，其字面意思是“繁星之野”，句末连绵两个 stela（意大利语“星星”的意思），在音韵和意义上都呼应延展了“孔波斯特拉”这个词。一个并非是巧合的巧合，但丁的《神曲》三部分的每部分结尾的最后一个词都是“星星”。本诗三节，也在形式和内容上分别对应了地狱、炼狱和天堂。

巴利纳欣奇湖[①]

——给依门·葛莱伦

享受吧，我的孩子，这是
多么甜蜜愉快的季节。
——莱奥帕尔迪，《星期六的村庄》[②]

就这样，一个周日早晨，我们在
春光明媚的康内玛拉停下来，泊车，
这时，一片令人迷醉的光亮展开，
映在湖水中的整座山
进入我们，仿佛一段楔子敲进木材心，
回到它甜蜜的家。
　　　　　　　不远的地方，
但足够远，使得它们的喧闹声传不过来，
一对水鸟上下拍击水面，
乐此不疲。接下来它们强壮的白色屈伸
也许是出于激动、也许是死亡的挣扎，

① 巴利纳欣奇湖（Ballynahinch Lake），位于爱尔兰西部康内玛拉地区。
② 这个题头引用的是19世纪意大利诗人莱奥帕尔迪（Giacomo Leopardi，1798—1837）的诗句。

转化为上升，毫不迟疑地在水面大幅度扫掠
并陡然下沉——不是那些出没于椽缝之间，
自生命屋①译出、译入的生灵，
而是远比空气更沉重的空气托举者。

看到它们，我们内部有某种东西
解脱了，以至于当她俯身
转动钥匙的时候，只转了一半
就那样直接对着挡风玻璃说，
侧着身、若有所思，胳膊伸直搭在方向盘上，
断言说，这一次，是的，这一次停下来
确实是有益的；然后，她微皱的司机的眉头
在点火启动时微微颤抖。

① 生命屋（House of Life），古埃及收藏、抄写经卷的机构。

衣服的圣殿

那是一种全新的甜蜜
在早先的日子里，看到
亮白色的薄纱上衣
搭在可透视的尼龙绳上
在浴室里滴水晾干
或一条尼龙轻衣在它
自己的电流里闪亮着——
就像圣布里吉德[①]
又竖起了一道太阳光，
如她在空中扯起的那道，
用以晾晒自己的披风
（压力巨大的布里吉德
到处奔忙，停不下来）——
工作日那潮湿、低沉、
不公平的拖沓沉闷
就这样变得轻松，像往常
那样度过，阳光明媚。

---

① 圣布里吉德（St. Brigid），爱尔兰圣女，大约生于公元451年，历史上有许多关于她的传说。

红白蓝

一 红

那件有好多扣的红外套，
我喜欢它猎装样儿束腰，
肩宽合度，裙摆时髦俏皮，
弹跳在你的膝盖后
和你的膝盖前。
　　　　　　　“她像一匹小马！”
那个微笑者的嘴里，黄油也融化不了[①]，
我对他报以冷笑，如同有人说：“上帝，
你知道你说得绝对没错。
我喜欢她的奔放和快活劲儿，
桀骜不驯，喜欢她对你这样的烂人
表示全然不屑时的才华。”
　　　　　　　　　　　　更幸运的是当晚
晚些时候，我有机会直面他惨白的脸
再次笑出来，那会儿，你和我在学生会疯快地
跳着摇摆舞，腾出来的地板如马场

---

① 这是一个短语，形容一个人外表看起来人畜无害，其实不然。

我们俩互相套着缰绳、马嚼子，互相解开[1]。

“大衣!”你叫道。

而我回答，“驾!”

二　白

从游泳池传来的尖叫够糟了，
更有学童们乘几辆大巴车涌入
隔壁游泳馆，玻铁结构的穹顶
发出报丧女妖的混音，撑起荒凉。
但你在你的状态下却以为尖叫
来自产科病房。
最后一吻，分别的时间到了，
你嘴唇干瘪、脸颊发烫，已在
病床高高隆起的小山上飘去。
他们给你穿了件半截背心之类的上衣，
平得像面粉袋，孤儿院发的东西，
白粗棉布领口围得保守之极
但毫无疑问在别处会留
开口。
抚过它洗熨过的针线

---

① 这里诗人在一定程度上改写了这个俗语“give somebody enough rope”（给对方足够的绳子，言下之意是，他都能吊死自己），这是希尼常用的手法，用语境对这个俗语造成压力而变形，表现两个人热烈的舞姿，一会儿拉近、一会儿分开，就跟套马游戏一样，呼应上一句的“马场”。

我试图唤你回来，但你的隔离状态
使你对触摸免疫，而我的手以为
自己认识路，却迷失了，羞怯地缩回。
哦那灌木丛的丛深在哪里，那欢愉的拥抱与爱抚，
导致怒气和超出怒气的情绪，它们又在哪里？
在前方等着我们的，我的爱，是凌晨的决斗，
但那天下午，我却离开了决斗场，从婴诞城堡惊天蔽日的塔楼
骑马逃走，虽然你已知道，却躺着忍受宫缩，
躲在棱堡之后，长满百合的护城河
不可逾越，吊桥拉起，
城垛稳固，腰系钥匙圈的观众
被拒之于外，你的眼帘后面
是忍痛而咬紧的牙关、紧闭的眼，
但你仍然无法视而不见的
是那穿戴白羽毛的骑士做了逃兵。

三　蓝

“是的，美，极美”。多少次
你模仿她在贝灵汉城堡①赞扬
那门楼街道时，所表现出的
高冷、不容怀疑的上流社会
语调。她赐予我们的那点儿注意
纯属屈尊俯就，在她心血来潮的

① 贝灵汉城堡（Castlebellingham），爱尔兰的村镇，17 世纪贝灵汉家族的领地。

赐予中，我们感觉自己被包容了——
两个搭便车的旅游者，激起她
或她丈夫的兴趣，我那时以为
他是个穿便服的在他称为南爱尔兰
的地方休周末假的军官。
　　　　　　　　“告诉我，
我是说，你知道，在南爱尔兰，
像这样的房子还有很多留下吗？
你们那些人都把它烧掉了，不是吗，
在二十年代？”
　　　　　　那还是
一九六三年，我们只是急于找地方
躲避战乱（“我们是北方来的”），
怕报复性袭击，把烧毁的城镇的
名字汇成迅流。但那天深夜她说
“美，极美”的时候所表露出的
半心半意，她温暖的绸衣
在威克洛[①]某家旅馆的灯光下滑落，
如一个提醒：一位女神会开恩
让英雄重拾他热情的目标。

是不是鸽子不要紧，来了辆维纳斯轿车
在邓多克[②]城外那座桥上，我们拇指朝下

① 威克洛（Wicklow），爱尔兰东海岸的城市。
② 邓多克（Dundalk），爱尔兰城市，往北不远就是北爱尔兰边界。

招了半个小时。你在他们面前站起，
身穿费尔岛针织背心、蓝色牛仔裙
和牛仔夹克。很重的蓝眼妆。
活脱脱六十年代休闲打扮的波提切利[①]。
那辆宽大的打蜡劳斯莱斯缓缓飘来，停下，
脚踏板和人行道齐平，
我们于是登车——这甜蜜的措辞——往南、往南。

---

① 波提切利（Sandro Botticelli，1445—1510），文艺复兴早期的意大利画家。

维吉尔：《牧歌》第九

利西达斯

你这是去哪里，莫伊里斯？进城？

莫伊里斯

活到现在我们经历了多少事……你
最不可想象会发生的事发生了。
来了一个外乡人，说我们这块地
归他所有。“滚，老东西，”他说，
“这地方是我的。”围栏里的小羊——
该死的家伙——这些小羊全是他的了。世道变了。

利西达斯

我听到的故事是关于梅纳加斯的，
关于你们的歌者，他的歌声如何挽救了
这个地方，从群山迂回折返之处，
从山脊缓缓往下接到水流之处开始，
一直到那片稀疏、瘦硬的老山毛榉树。

莫伊里斯

那样的议论并不稀奇。但歌和曲调
已经不再能抵抗暴力，就像鸽子
挡不住俯冲的老鹰。事实是，利西达斯，
假如我没听到乌鸦在我们左边那棵
空心橡树上啼叫，我就会一直争吵下去，
而那就会是我们的末路，不管是对
正与你说话的我，还是对梅纳加斯来讲。

利西达斯

骇人的时代。音乐，我们唯一的安慰，
也几乎被剥夺。梅纳加斯自己也
几乎成了消失的一员。谁还能把
赞颂的歌唱给宁芙？谁还能歌颂大地
使它长出野花野草，在泉眼的上方
遮满绿荫？是谁唱的那首歌，献给
我俩都喜欢的阿玛瑞丽丝，那天
你婉转歌唱时，我默默听着，牢记在心。
歌词唱道："哦，提提鲁斯，请放牧
我的羊群，等我回来。我不会去得太久。
让它们吃草，让它们饮水，小心
头上有角的小公羊，别被伤着。"

莫伊里斯

还有那首他从来没有完成的歌，
献给瓦鲁斯的，关于天鹅合唱队
对着星星唱诵他的名字，“如果曼托瓦
还存在，离悲伤的克雷莫纳[①]太近的曼托瓦。”

利西达斯

你有什么歌，现在就唱吧
一唱你的蜜蜂就会绕过紫荆树，
你吃苜蓿的母牛就茁壮成长，乳头斜立、
乳房胀满。皮埃里亚[②]的缪斯们
把我也变成了诗人，我也有歌，
乡下的人们把我称作吟游诗人，
但我不敢肯定：我还没作出一首
能让瓦里乌斯和希拿[③]注意到的歌。
我是歌喉婉转的天鹅中嘎嘎叫的鹅。

---

① 曼托瓦（Mantua）和克雷莫纳（Cremona）是意大利的两座城市，前者是维吉尔的故乡。

② 传说皮埃里亚泉（Pierian Spring）位于奥林匹斯山附近，是诗和知识的灵感之泉。

③ 瓦里乌斯（Lucius Varius Rufus），维吉尔的朋友。希拿应该是古罗马诗人 Helvius Cinna。

莫伊里斯

我不说话因为我在尽最大努力
回忆一首我认为你知道的歌：
“伽拉忒亚[①]，”那歌唱道，“到我身边来。
是什么藏在海水和浪花里让你着魔？
大地在这儿绽发出野花，她让溪水
在水草中流动，这里，杨树因侵蚀的
河岸而弯下腰，一蓬蓬藤蔓
交织光的阴影。到我身边来。
让那些发狂的白马用蹄子乱刨河岸。”

利西达斯

我听过你独自唱的一首歌，
那天晚上，夜空清湛。我记得调子，
也许能琢磨出词。“达佛涅斯[②]，达佛涅斯，
为什么你盯着古老的星辰？
你看那颗凯撒星，正在上升，
田野里的玉米星，草棚里的干草星，
成串的葡萄星，在南向山坡的
热气里变紫。达佛涅斯，为你

① 伽拉忒亚（Galatea），希腊神话中美丽的仙女，海神涅柔斯和仙女多里斯所生的女儿。
② 达佛涅斯（Daphnis），希腊神话中西西里的牧羊人，传说是牧歌的发明者。

孩子的孩子插种梨枝的时候到了。”

莫伊里斯

岁月剥夺了我们的所有，包括思想。
很多次我想起年少的时候
对着缓缓下沉的太阳唱小夜曲，
但现在我却一首首歌全忘掉了，
我的嗓音也不行了：也许是被狼看了的缘故[1]。
但梅纳加斯还会继续歌唱，让那些歌留存。

利西达斯

来吧，不要找借口，我想听你歌唱
现在就是你的机会，看吧——平原到处
都是静寂无声，每一阵微风
都平伏了下来、安静不动。我们已到达中途。
往前看，你已能发现比安诺[2]的
坟墓。他们在这里修剪过并面对
古老的绿藤，这里就是我们要开唱的地方。
树起围栏，把小羊安顿在地上。
我们很快就能赶到城里。
即使天黑下来，看起来要下雨，

---

① 古代意大利的迷信，如果有人在山中行走时遇到狼，被狼先看到，嗓子就会变坏。

② 比安诺（Bianor），古希腊诗人。

唱歌也会缩短路程，我们就边走边唱。
走吧，莫伊里斯，唱吧。我来照顾这些小家伙。

莫伊里斯

够了，我的孩子。我们还有活儿要干。
当真正的歌者来临，我们再热情歌唱。

格兰默[1]牧歌

迈尔斯

房子和庭院。还有自己的月桂树，
属于自己的时间。你已经有了落脚之地。
如果还写不出，什么时候你才能写？

诗　人

一个女人改变了我的生活。她叫
奥古斯塔，因为我们是八月份[2]到达，
从现在开始，本月的草捆、黑莓和康拜因
将构成奥古斯塔的慷慨赐予。

---

① 格兰默（Glanmore）位于威克洛，希尼一家20世纪70年代在那里先租后买了一栋房子。值得注意的是，此房曾是爱尔兰著名戏剧家、诗人沁孤（John Millington Synge，1871—1909）的住处。

② 在英语中八月是August（奥古斯特），所以把改变诗人生活的那女人叫做奥古斯塔，指的是希尼的房东Ann Saddlemyer，研究沁孤的专家，编辑整理过沁孤的作品；另外，奥古斯塔也是格里高利夫人的名字，格里高利夫人和叶芝等人共同创办了阿贝剧院，是19世纪末到20世纪初的爱尔兰文艺复兴运动的重要人物。

迈尔斯

现如今

外来人拥有这片乡村，即便如此
我也不嫉恨你。你是奥古斯塔的房客
这便够了。她拥有所有的、也许比大多数人
更多的权力，来支配她的四分土地。
她熟谙山谷的里里外外，也熟悉
莫里波厄斯写下的所有相关文字，
所有他碰到的在路上流浪的流浪汉，
以及所有他在阁楼上听见的
女仆厨房里的窃窃私语。
说什么人生变迁！那些日子才是好时候——
土地管理委员[1]把房客变成主人，
帝国终于开始关注，却已太迟……
但是现在，所有这些钱涌入，
人们叫嚣着和平，鞋子却穿到了另一只脚上[2]。
首先是莫里波厄斯的人
被逼到墙根，现在轮到我们。
小农户被高价逼出了市场。

---

① 爱尔兰土地管理委员会成立于1881年，负责农地重新分配。

② 鞋子套在另一只脚上是一个短语，意思是形势变得和以前相反：以前好的，现在不好了；以前不好的，现在好了；以前弱势的，现在强势了；以前强势的，现在弱势了等。

诗　人

退到墙根，口袋空空：莫里波厄斯
只有和赤贫的人们一起在路上行走时
才更愉快。孤独是他的
通行世界的护照。水面上的
蚊蠓天使，雷声到来前的第一滴雨，
一个陌生人在狂乱之夜，**走入倾泻的雨中**[①]。
对我来说，他的精神就活在这样的事物里。

迈尔斯

读书才是正路。你是个有运气的人。
不用喂牲口，不用花时间挤奶、耕田，
手上不会起泡，也不用担心天气。

诗　人

莫里波厄斯也许会把我叫做“哈尼先生[②]”。

---

① 这句话引自沁孤的戏剧《在峡谷的阴影中》，本节在多处影射了沁孤，比如流浪汉是沁孤早年日记中的自况，有论者认为莫里波厄斯，也就是“陌生人”，暗指沁孤，上一段“女仆厨房里的窃窃私语”也是出自沁孤的《西方世界的花花公子》一书的前言。

② 哈尼（honey）是“蜂蜜”的音译，和希尼（Heaney）的名字音近。哈尼先生暗指沁孤的《西方世界的花花公子》里的克里斯多夫·马洪。马洪性格轻浮，“杀父”后从农场逃跑，收留他的人多被他讲故事的才（接下页）

迈尔斯

莫里波厄斯学会的我们的古语
有些迷人的曲调。给其中之一
填上词，用我们其余人能听懂的
能在此时此地唱的词，你看怎样？

诗　人

我把这首《夏歌》[1] 献给你和峡谷：

孟夏，布谷鸟布谷叫，
欢迎你，夏天，是他的歌词。
石楠在泥沼枕头上呼吸。
泥沼棉[2]迎着荒原风低头。

惊吓的鹿，心停了一下。
海潮填来、停歇、奔去。

（接上页）能吸引，有女人缘，被人称作哈尼先生（Mr Honey）。后来人们听说他父亲没死，就说他是懦夫，马洪竟然又杀了父亲一次，被绑了送官。结果父亲没死，到监狱把他领走。这里应该是“诗人”希尼回答迈尔斯的谦辞。

① 这首《夏歌》是希尼从古爱尔兰语翻译过来的诗，作者是爱尔兰神话传说中的猎手和武士 Fionn Mac Cumhaill，收入希尼妻子玛丽编的 *The Names Upon the Harp: Irish Myth and Legend* 一书里，但此版本有较大幅度的改写。

② 泥沼棉（bog-cotton），莎草属，即羊胡子草。

正是大海昏沉欲睡的时节。
一簇簇黄色的荆豆花盛开。

泥沼的岸像乌鸦翅膀闪光，
布谷鸟不断叫着欢迎。
长有斑点的鱼跳起；强壮的
武士重又站起、奔跑。

一个轻快、叽叽喳喳的
小家伙发出最高的音符；
云雀唱出清晰的音讯。
夏天，微光，完美的时日。

来自希腊的十四行

一　进入阿卡迪亚[①]

山上一路丰饶，阿门的惊叹声音。
从高处山口，一位在墨尔本
干过活儿的农民处买了些胡桃，如今
他通过剖开芦苇做成的管子和通道引水，
这方法，也许，赫西俄德的希腊就已运用——
这且不说。当我们越境阿戈斯[②]
进阿卡迪亚，更往前去
深入阿卡迪亚腹地，一卡车的苹果
崩脱，滚得路上到处都是，
好一段路，我们的轮胎嘎嘣、咔嚓碾过，
但我们继续行驶，果汁洋溢、果肉滑腻，陶醉
泼溅于其中。更有一牧羊人
在加油站前的空地上，赶着山羊，
活脱脱从牧歌和翻译中出来的模样。

---

① 阿卡迪亚（Arcadia），古希腊时期的阿卡迪亚位于伯罗奔尼撒半岛的中部高地，神话传说中的世外避难之地。

② 阿戈斯（Argos）位于伯罗奔尼撒半岛东北部，强大的古希腊城邦，公元前 6 世纪时其重要性逐渐被斯巴达取代。现在是旅游胜地。

二　七叶树栗

沿着潮湿、沉陷、石头铺就的路
一直到斯巴达卫城，我们忍不住踩
崩开的壳，嘎吱嘎吱压碎发亮的
马栗子①。这让我联想到海带、
小马驹的蹄子、狸藻植物、擦亮的皮革，
当我俯身捡拾，一股淡淡的粪味
从它们腐烂的芯里散逸。
道路两边还有独眼巨石矗立。
城防线。被突破的高墙。劫掠来的
七叶树栗，在我包里孕育，摆来摆去。
白天的月亮从正在速写的德米特里②身后
出现，他肩膀耸直，像一头半人马的怪物，
频频点头，对着被密密的老鼠簕③遮住，
我们听得到、却看不见的家属。

---

① 七叶树的别名。

② 希尼的朋友，给他翻译的索福克勒斯的剧作做过插图。希尼的希腊之行有两对夫妻，分别是他和妻子玛丽，德米特里和辛西娅，本节结尾的“家属”当指玛丽和辛西娅。值得提起的是，在希腊旅行的中途希尼获知得诺贝尔文学奖的消息，当时他们住在派勒斯附近。

③ 老鼠簕，灌木，古希腊罗马常用其图案做雕塑建筑的装饰。

三　派勒斯[1]

一群**巴布尼亚鱼**在阳台下——
影子投在倾斜的沙底，在多沙的派勒斯。
浪，轻轻击打，潮，拍落流动：
我醒在这世界之中，如忒勒玛科斯[2]，
在白石灰粉般的晨光里重又年轻，
这光在天花板闪动像来自我自身的预警，
似乎在说，在吹弯桅杆的海风中
我会更多地成为我自己，会把这认识
拉成罗伯特·菲茨杰拉德[3]所说的弓形
如里拉琴。哈佛的涅斯托尔[4]，
赞助者和东道主，全部荷马的译者，
他侧着憔悴的脸，在课上教我时
盯着天花板，还没到厌倦一切的程度，
仔细观察着远海。远眺的庇护者。

---

① 派勒斯（Pylos），希腊城市，位于伯罗奔尼撒半岛，荷马史诗提到过多沙的派勒斯。

② 忒勒玛科斯（Telemachos），荷马史诗里的人物，奥德修斯的儿子。

③ 罗伯特·菲茨杰拉德（Robert Fitzgerald，1910—1985），美国诗人、评论家、翻译家，20世纪60年代起在哈佛大学任教，翻译过很多古希腊罗马的文学作品，包括荷马史诗《伊利亚特》和《奥德赛》。他说起的弓应该指的是奥德修斯的强弓。

④ 涅斯托尔（Nestor）是派勒斯的国王。忒勒玛科斯曾去派勒斯询问他父亲奥德修斯的下落，受到涅斯托尔的热情接待。涅斯托尔在希腊神话中是一个长者耆宿、意见提供者的形象。这里是对哈佛大学的罗伯特·菲茨杰拉德的喻称。

四　奥革阿斯[①]的牛圈

我最喜欢的浮雕：雅典娜指给
赫拉克勒斯看，从河岸的哪处开决，
她高高的头盔一点，把神杖准确地
插入那地点，阿尔菲犹斯河，遂
脱离河道，冲入奥革阿斯王
恶臭的牛圈和庭院里厚厚的粪层。
从排水沟流过的污物消融，
堵塞了门，堆在地上，如排水槽汹涌……
就在那儿，奥林匹亚的绿柳之间流动，
浅浅的河水冲刷而过的地域，
我们听到消息，肖恩·布朗[②]被杀害于
贝拉吉 GAA 俱乐部的场地。想象
水从管子喷出，在停车场坚硬的沥青
溅起，就在那儿，他运动员的血渐冷。

---

① 奥革阿斯（Augeas），古希腊神话里厄里斯的国王，波塞冬和赫利俄斯的儿子。传说他在宫殿前的空地养了三千头牛，粪便堆积如山，清扫他的牛棚是赫拉克勒斯的十二功绩之一。

② 肖恩·布朗（Sean Brown），爱尔兰人，希尼的同乡，于 1997 年 5 月 17 日被北爱尔兰亲英组织谋杀于伦敦德里郡的贝拉吉，享年 61 岁。

五　卡斯塔利亚泉①

雷霆之怒。不是宙斯而是她的愤怒
不让我们进，我也因此生气拉长了脸。
我就在这一件事上发过誓：喝一喝
卡斯塔利亚的泉水，就攫取那么一点点
给我自己，成为天神阿波罗
令人晕眩的悬崖下的一名诗人——
但是，水在里边的密室，我们到的那阵儿
被绳子圈了起来。好吧，见鬼去吧，
管他是谁想要把我挡在外面，怒气冲冲！
于是我登上台阶，进到砂岩洞室里面，
那些渗漏、滴水、浅池、苔藓，
从别处而来，从远处而来，随之，这毫无益处的
愤怒慢慢枯竭，我弯下腰、用嘴
从平台上，啜饮那甜蜜，作为抗议。

① 卡斯塔利亚泉（Castalian Spring）位于希腊圣地德尔菲，据说诗人喝了卡斯塔利亚神泉的水会得到灵感。

六　德斯菲那[1]

帕纳索斯山平静地横在天边：
斯里瓦那巴，诺克斐丽奥特，本都安。
我们用盖尔语变换名字称呼这诗山[2]，
在太阳落山之际，一处农家庭院，我们
喝着乌佐酒，狼吞着蒸菜、鱼子酱、鹰嘴豆泥，
假装听不到后厨里头发不整的
老巫婆，那德尔菲式的尖叫。
然而去德斯菲那的时候到了
以便他们给她注射镇静剂。松香葡萄酒，
鳀鱼、墨鱼、蔬菜卷，甚至法式炸薯条。
我喝多了，脑袋发晕、神经亢奋，身上发冷，
我们滚回到橄榄树平原上，
在车轮尖啸、喇叭乱叫的狂躁中
急转弯、回旋往复的路似牛耕折行书[3]。

---

① 德斯菲那（Desfina），希腊城市，紧邻德尔菲和科林斯湾。

② 帕纳索斯山（Mount Parnassus）是希腊神话中缪斯女神的家乡，成为诗歌的象征，所以希尼称之为诗山。前一行都是爱尔兰语对“诗山”一词的不同称呼。

③ 古代书写方式，从左到右、从右到左交替换行书写。

讲盖尔语的地方

我希望，伙计[①]，你、巴尔罗和我
回到罗斯高半岛，在大西洋街上，
时间回到一九六零年
而巴尔罗还活着，

帕蒂·乔、奇普斯·拉斐蒂，还有迪凯
还在那儿说着爱尔兰语，因为我相信
那样的话，奥宾·麦伦、玛格丽特·康薇、
M. 和 M. 、迪德·莫尔顿、尼亚姆

也都会在那儿。如果我们能看到自己
那该有多好，如果现在的我们
能听到过去的我们说的话，如果，这首

模仿但丁的十四行[②]——在诗里，获得自由的但丁，
和拉波、吉多，以及各自的女友乘一艘船——
成为我们海上喧嚷的画外音，该多好。

---

① 原为法文 mon vieux。

② 但丁在其十四行诗《给吉多·卡瓦尔康蒂》中想象他和两位朋友拉波、吉多，以及他们各自的爱人，一起坐船出游。

真名实姓

——给布莱恩·佛利尔

欧文·凯里上，又跳又叫，
下嘴唇和下颏骨扭曲，
眼珠急转，铅球运动员式的
脖子和肩膀，不乏学童的稚嫩。
　　　　　　　　　　那些硬木条
被他开场时丢到地板上，
腾起一团烟尘，他那芜菁拳头
从破雨衣里伸出，在低处摆动。
我忘不了他那司伯林斯[①]版的卡利班[②]，
他那马铃薯拣拾者的，穿袋裙的土版莎士比亚：
而我将用长长的指甲，给您挖猪块茎[③]。

---

① 司伯林斯（Sperrins），爱尔兰北部高地。

② 卡利班（Caliban），莎士比亚《暴风雨》里的人物。

③ 猪块茎（pig-nut），锥足草的根，深棕色块茎可吃，这里取其字面意思译成猪块茎。此句出自莎士比亚《暴风雨》第2幕第2场。

*

谁演的米兰达[①]？
寄宿学校的走读生，初中最后一级[②]，
亚麻色头发、戴一头编小辫的假发，穿了戏服，
活灵活现，不可思议，他语调高昂，
在灯光下简直就像一个女安琪儿，
美得让我们挪不开眼。
观众席灯暗了，
利亚姆·麦克兰德上，腓迪南[③]
在音乐中梦游而出，被披了大氅、扮成
普洛斯彼罗[④]的盖瑞·欧尼尔偷看。
"那孩子，他有一个堪比管风琴的声音，"
盖勒格尔（导演）第二天，当着
班里的学生们自言自语。
一年前
盖瑞演的是麦克白，绿色足球袜，斜扎
绑腿，交替缠到他的科多尔伯爵[⑤]式护膝处。
而安东尼·穆雷打着嗝，演守门人，
撇一口愚昧的苏格兰腔。

① 米兰达（Miranda），莎士比亚《暴风雨》中的女主角，普洛斯彼罗的女儿。
② 走读寄宿生指的是晚上在家、白天走读的学生，但上的是有住校生的寄宿学校。根据后文，希尼他们当时 14 岁。
③ 腓迪南（Ferdinand），莎士比亚《暴风雨》中的人物。
④ 普洛斯彼罗（Prospero），莎士比亚《暴风雨》中的人物。
⑤ 科多尔伯爵（Thane of Cawdor），麦克白的头衔。

*

新书的味道。扫过那些
你并非完全不认识的词往前读。这时
一个马车夫，手里提了灯[①]
出现在后半夜，说下等人的白话，
一道火花，从我读到查尔斯的马车[②]
降临新烟囱之上的时候起，就再也没有
睽违不至。
　　　　　　　　　小如钉帽的词串起来
嵌在宇宙的厚貂皮上。
只需那么一行便足以把生命线维持。
有时候，如同一道缝隙打开，
通往一个可预见、可进入的场景——
如麦克妮可儿[③]的烟囱向上喷出的火花
在其中闪烁的永恒：
　　　　　　　　　那时我正穿过庭院，
就是那一次，我看到它们，
我还是世上的孩童一个，眼花缭乱，
刚起了床，走入冬日的奶牛黑里，
一手被提着灯的她牵着。

---

① 见《亨利四世》第 2 幕第 1 场。后文“降临烟囱之上”的引文也出自此。
② 指北斗七星。
③ 希尼小时候的邻居，比他大一两岁的小姑娘，希尼对她很有好感。

*

莎士比亚的父亲（至少约翰·奥伯雷[①]是这样说）
是个屠户，莎士比亚年少时
“做他父亲的行当，但是他
杀牛，会采用**最新潮的方式**，
杀完后还要发表感言。”
　　　　　　　　　从一开始站在牛棚上，
我就轻飘飘的，看到的事物
因为离天近了那么一点所以有种陶醉的光，
没有什么可以援手，摇晃着
从发烫的镀锌斜屋顶上站起来：
处于一个永远俯瞰的屋顶，假装
举起的一只手拿的是屠刀，
用另一只手来回锯空气
　　　　　　　　　（这是每个人都得提前
经历的阶段[②]吧）。

牛棚里，母牛在食槽里喷着鼻息，
牛棚的链子叮叮响。
　　　　　　　　　这是一个不是家的家。

---

① 约翰·奥伯雷（John Aubrey，1626—1697），英国作家，《名人小传》作者，写了很多时人和前人（包括弥尔顿、莎士比亚、培根等）的趣闻轶事。

② Stage（阶段）也有舞台的意思，牛棚的屋顶既指假装的莎士比亚的舞台，也指人生的一个阶段。

*

有一株倾斜的柳树俯向小溪[①]

但一开始它却叫**萨莉树**[②]。

篱落间的萨莉树，长在马耀拉河[③]

岸边的萨莉树，还有黑萨莉树

仿佛一列恐慌的掉队者，在我们

那草甸的莎草和泥泞中下陷。

院子里的那棵起了皮疹[④]，中空，

与大地和空气两方暗通款曲：

树冠吹拂而闪烁，根茎萌动而颤抖。

土地和天空在它的周围聚拢。

按照灵魂的规程，灵魂也许已然

从它体内像离开一个君王那样退离，

然后转向河边的那些公主树苗。

但接下来那些幼树也挪开一个词的距离，

在马耀拉河边摇动奥菲利亚的柳姿[⑤]。

---

① 见《哈姆雷特》第4幕第7场，是哈姆雷特的母亲格特鲁德王后著名的独白中的第一句，讲发疯的奥菲利亚爬上河边一株柳树，柳枝折断了，奥菲利亚掉入河中淹死。剧中的看墓人说她是自沉。

② 也就是灰柳，灰毛柳。

③ 马耀拉河（Moyola River），流经希尼家乡的小河，注入内伊湖。

④ 暗指《哈姆雷特》第1幕第5场，鬼魂，也就是哈姆雷特的父亲、前国王，告诉哈姆雷特说，他被哈姆雷特的叔叔从耳朵灌入毒药，浑身起了皮疹。

⑤ 一个词的距离，应该指的是，从萨莉树到柳树，继而引申为从实际生活到经典，从爱尔兰到英格兰。

*

“弗兰基·麦克马洪，你演巴萨尼奥。
欧文，你演兰斯洛·高博。布莱丁，你演波西娅。”[①]
以上是演员表，或演员表的一部分；
场景是，盖勒格尔的矮桌子右手一边，
手势比画着，假装在上边放了
那三只盒子[②]。然后我们继续进行。(是的，
当然，令人惊艳的欧文
第一天就夺门而出，
出演叛逃的学徒成了他固定的戏路。
而意大利人卡索尼演洛伦佐)。
但谁是杰西卡？
　　　　　　　　难忘的、
世间少有的第五幕第一场开头。
“**在这样的夜晚**——请继续，卡索尼!”
“——**狄多站在狂野的海岸**
手里拿着一根柳枝。”[③]

---

① 巴萨尼奥（Bassanio）、兰斯洛·高博（Launcelot Gobbo）、洛伦佐（Lorenzo）、波西娅（Portia）都是《威尼斯商人》中的人物。兰斯洛是夏洛克的学徒、仆人，后逃离了他的主人夏洛克。后文的杰西卡（Jessica）是夏洛克的女儿。

② 莎士比亚《威尼斯商人》里的情节，波西娅的父亲给了她金、银、铅三只盒子，里面装了不同的东西，求婚者必须选对盒子，才能跟她结婚。

③《威尼斯商人》洛伦佐的台词，柳树传统上象征悲哀、失去的爱，狄多拿着柳枝在海边哭泣，祈求爱人回到她身边。古希腊罗马神话中，狄多是古迦太基女王，因为埃涅阿斯离开了她而心碎自杀。

这是夏天的语言。

时间是一九五四年。地点是那些崭新的、展示性的
教室，它们的玻璃和钢铁被阳光摁住。

*

邓肯的马[①]，满身湿灰泥，暴起发难
就像在茅斯邦[②]，一个可怕的夜晚，
汹涌翻动的栗子树，天线如桅杆
在暴风雨中抽打，我母亲颤抖着、诅咒着
画着十字——
　　　　　　　　大自然的口子决开，
当袭击者的货车急速
冲向莫纳亨边境[③]，血不受控制地渗出纱布
从后挡板流出，志愿者喊着**哦基督！**
哦慈悲的基督。
　　　　　　　　抑或是**维多利亚公主号**[④]
沉没的那晚，**下沉**、**风力**、
淹死等词语从它们的马厩里冲出
绕着窗口和烟囱嘶吼？
　　　　　　　　　　　　播报员播报

---

① 见《麦克白》第2幕第4场，邓肯（Duncan）国王的马发了狂，冲出栏杆，似乎要和人类为敌，并互相吞噬。这也就是下文说的自然中的“界限被突破”。

② 茅斯邦（Mossbawn），希尼的家乡。

③ 莫纳亨（Monaghan），爱尔兰城镇。这里的袭击事件参见《边境袭击战》前注。

④ 维多利亚公主号滚装船，1953年沉没于北海海峡，死亡130多人。

噩梦最新发展的声音，跨步空中的电波。

*

英格兰浪漫依旧。黄昏，摄政公园
露天上演的《第十二夜》。
费斯特[①]的假声男高音和怀抱的鲁特琴
还那么性感。凌晨，黑咕隆咚，
麦库、麦考利、特林斯和我，围挤在
伯爵宫区[②]一间学生公寓，空气污浊……
以爱而爱。烈性苹果酒。还有进艺术咖啡馆时，
盖在你手上的迷人的磷光印记。

*

费斯特，很像智障班里的
"教育不足症患者"，那些喧哗的休闲主义者[③]
被我带去锻炼身体，每周五两点到三点，
穿过墓地的捷径到福斯公园，
早早就下了课。然后我自己走……

---

① 费斯特（Feste），《第十二夜》中的丑角。

② 伯爵宫区（Earls Court），靠近伦敦市中心的比较便宜的区。

③ 休闲主义者（suede-heads）是英国的亚文化现象，起源于20世纪70年代，主要是一种穿着上的讲究，比如，喜欢穿粗纹路的休闲西装，红色或蓝色的袜子，还有对某些音乐种类的偏好，比如雷吉乐、灵魂乐等。

费斯特，耳朵紧贴着仪器
眼光茫然，像5A班耳聋的男孩
戴着淡色蓓蕾状助听器，系着干净的学校的领带
在我俯身查看时惊慌失措。“先生，不！不，先生！”

费斯特，像患了紧张性抑郁症的鲍比·X
肩膀内缩，眼睛像白菜汁
一言不发地摇晃，一个小男孩[①]
锁在他的内部。医生大吼着
“鲍比，看在上帝的分上，鲍比，跟上趟。”
我在场陪同，看悲伤的精灵
低头、驼背，待在我们到不了的地方，
就像剧终，当“所有人退场
（除了费斯特），费斯特（唱）”的时候。
但不是鲍比在唱。

*

然后说变色龙[②]吧。小大人们重新出现，
像调包的孩子[③]追问谁扮演谁。
那么是

① 语出莎士比亚《第十二夜》第5幕第1场，小丑费斯特的歌：When that I was and a little tiny boy（当我还是一个小男孩）。
② 莎士比亚《哈姆雷特》第3幕第2场，哈姆雷特说，我像变色龙那样吃空气。
③ 爱尔兰和西方民间传说中，精灵或者妖怪会把人类的孩子抱走，留下小精灵或小妖怪作为替代。

爱丽儿[1]，还是真名，那个
声音已很甜美、悦耳、灵巧的飞利浦·库尔特？
抑或是他兄弟乔，演班柯，一袭白衣，
乔聪明，班柯生动，那个最漂亮的班长？
奥拉[2]和正义，灵魂处于极乐或折磨中，
鬼影掐着上场时间，来到宴席上，进入，
进入记忆如同宽慰——
舞台上的长桌，硬塑料的桌面，
能坐十四个人，是从食堂租来的，
我们一伙儿十四岁，像是怪物[3]，一帮无知之徒
站在椅子旁，等待着餐前祈祷[4]。

---

① 爱丽儿（Ariel）是莎士比亚《暴风雨》中的精灵，下文的班柯（Banquo）是莎士比亚《麦克白》里的人物。

② 奥拉（Aura）是希腊神话中的微风之神，因为侮辱其密友月神和狩猎女神阿耳忒弥斯，被阿耳忒弥斯请求复仇女神涅墨西斯报复，涅墨西斯用“正义之轮”击中奥拉，后来奥拉被酒神狄奥尼索斯灌醉、强奸。另外，奥拉因为是风神，所以很像随微风而来的鬼魂。

③ 莎士比亚在《暴风雨》用怪物（mooncalf）这个词指卡利班，也许希尼在暗指《麦克白》的同时穿插了《暴风雨》的气氛或意指，本节前边提到的“爱丽儿”是另一重佐证。

④ 班柯被麦克白谋杀，在麦克白的宴席上，班柯的鬼魂进来，坐在麦克白的位置。

书 架

桦木还是橡木？打磨得光滑如丝，
斜接边框，被目光熟视，书架的每块木板
都呈羊皮卷的灰白，撑住了，永不变形。
美德从其井井有条的秩序中涌现。

不管是谁，要是还记得过去用来卖
散装糖的蓝色粗纸袋，也许会记得
《休·麦克达米德集》（也许是奥利弗和博伊德
出版公司?）的护封。还有查铎公司的

《伊丽莎白·毕晓普选》，脱脂奶
的蓝白色。蓝紫色的麦克米兰出品的
《叶芝集》。还有他们出的《哈代集》。
叶芝的《回忆》。哈代的《声音》。

还有弗罗斯特、华莱士·史蒂文斯的声音。
从一套双张的凯德蒙唱片发出，从不同书架发出。

放到最大音量的迪兰[1]，被布什米尔斯威士忌杀死。
“不要温柔地走进。”“请不要走。”

*

重得像那扇吊着我，从空中划过
一道弧线的门，抡圆了撞上篱笆墙背面，
书架沿嗑了药的合页转动，它的承载物
用将来完成时态，暴露了我们那时的

优哉游哉，咀嚼并互相重复
这三个词，“爱尔兰——来的——书”，
为了消遣取乐，我们引用圣比德[2]
在《英国教会史》中所写到的话：

从爱尔兰的书籍上刮擦下来的
碎屑，浸水后可缓解被蛇咬伤
的痛感。“因为在这座岛上，”他声称，
“几乎所有的东西都具免疫力。”

---

① 这里指的是迪兰·托马斯（Dylan Thomas，1914—1953），下一行的“不要温柔地走进（那个良夜）”是他最著名的诗 *Do Not Go Gentle Into That Good Night*（《不要温柔地走进那个良夜》，巫宁坤译）。凯德蒙公司曾经发行过迪兰·托马斯的朗诵，一套双张的黑胶唱片。

② 圣比德（The Venerable Bede，672—735），有“英国历史之父”之称。

*

我主要喜欢它的线条和重量。
有一种测量的确定性。它贴墙而立的长背
和木工切削的直角，能被我的脖子
和肩膀感受到。还有从各地来的书。

《在我弥留之际》里的凯什做棺材
——做成“斜边底框”的，理由有十三个之多——
从第一个理由，“有更大的表面可以打
钉子”，到最后一个，“那样做才是好手艺”[1]。

沁孤[2]在《骑马下海的人》一剧的开场
对舞台做出如下安排：“沿墙摆靠
一些新木板”，在剧末莫莉娅的独白中
“白木板”[3] 一词，像是潮涌之上

风暴的闪烁，或从盐水中抢救出的材料
做成载书的木筏，一个将要有待承担的棺材架。

---

① 福克纳原文是“it makes a neater job”，希尼引用时改了一个字：“it makes a better job”，可能是疏忽，不过意思没变。

② 沁孤，爱尔兰剧作家、诗人、散文作家，创办阿贝剧院。代表剧作《骑马下海的人》，后文的莫莉娅是剧中的母亲。

③ “白木板”出现在这个句子中：Bartley will have a fine coffin out of the white boards（巴特利会有一副用白木板做成的好棺材）。巴特利是莫莉娅第六个葬身大海的儿子。

我想象，我们绷紧身体，把它抬起，

踉踉跄跄地站住，一下子有了轻松之感。

维特鲁威[1]

——给费里穆·伊根

我走入斯图尔特港的深池，
水没到胸，然后半浮着站立，
像维特鲁威人[2]两腿叉开
两只胳膊平展、漂浮，一直到指尖，
被水从腋下架起来。
　　　　　　　　头部轻飘飘，
脊柱下沉，冷水的曲面上下分割，钢拉链般
刺得我那男孩子的乳头发痒。

*

低年级足球场的硬沥青上
列奥·代伊，学校的操练员，一边蹦跳

---

① 维特鲁威（Marcus Vitruvius Pollio），公元前1世纪的罗马工程师、建筑师，认为建筑是对自然的模仿，建筑比例应该模仿完美的人体比例。

② 维特鲁威人（Vitruvian Man），达·芬奇的一幅画，根据古罗马维特鲁威的理论，描绘了一个男人伸臂直立和举臂分腿的两种姿态的叠加，第一种直立的姿态，手脚触到矩形边框，第二种姿态则触到圆框，用来表示身体的完美比例。

一边点数，让我们所有人在鞍马前
排成一队——“一！二！上！下！”——
我们跃上蹦下、交叉胳膊和腿
在侧风下展开身体，感到
紧绷的手掌如乔托壁画上的
亚西西的方济各，天使霓光射在
圣人的竖掌上，造成圣痕①。

*

在桑迪芒特海滩②，我才把某些
零散的事物联系起来。我海边的玩具风车。
方位的四个基点。沙滩和天空的
灰质③。大地上的一道光
开始呈扇形打开、扩张。

---

① 基督教历史记录，有圣人身上出现耶稣受难时期的伤口，大部分情况下出现在左右手掌。最早的也是唯一被教廷承认的圣痕，出现在圣方济各的身上。

② 桑迪芒特（Sandymount），爱尔兰东海岸都柏林附近的海滩。

③ 这里应该是指沙滩的灰色，但灰质也指大脑神经组织的重要组成部分。

旁注诗[1]十则

一　游行季节[2]

“那个血人是谁?”“鼓声，鼓声!”[3]
在这些心中谙熟的句子的影响下，
我期待班柯和麦克白的到来：
直着腰、踩着点，按照开场的编排。

---

① 旁注诗（Gloss）的本意是写在正文边角的注释，爱尔兰早期经卷中写在旁边的即兴诗也称作“gloss”。

② 游行季节，北爱尔兰特指4月到8月这段时间。

③ 莎士比亚《麦克白》第1幕第2场第1句，国王邓肯看到从战场回来受伤的军官，问道：“那个血人是谁?”第1幕第3场女巫三喊道：“鼓声！鼓声！麦克白来到。”

二　教义问答

“问题和答案”重又出现。它们“形成了我的思维”。

“谁是我的邻居?”“我的邻居是全人类。”[1]

① 《圣经·路加福音》10：29问：“谁是我的邻居?”天主教教义问答提供的答案是：我的邻居是全人类，不管是谁，没有例外——甚至那些伤害我们的，或信仰与我们不同的人。希尼在此截取了这段话的开头。

三　桥

因紧绷而稳固，因张力而强大。
脚跨两边，但不属任何阵营，
它牢牢站定，一道纯粹注意力的跨度，
一种留驻之行动，匝道和桥拱
因紧绷而稳固，因张力而强大。

四　一套西服

“我要给你做一套，”他说，“穿上
完全合身的衣服。”所以，我几乎能
感到垂直的粗呢裤线打到脚跟，

我的肩在外套下像飞机的翼梁，
或一杆天平秤的双臂，整个形体
重新校准，从上到下合体修身。

虽然我最不需要的就是一套西装
我还是斟酌、听从了他的话，把它们穿上，
并当场认定，我这是捡了个便宜。

五　聚会

聚会中，无意听到意料之外的，
仿佛房顶塌落的湿雪，
威尔弗雷德·欧文那温柔而强力的名字。
眼中的泥巴。天上的炮击[①]。

---

① 眼中的泥巴，是俚语“干杯”的意思。天上的炮击，应该是指英国诗人欧文（Wilfred Owen，1893—1918）的诗《看到我们的重炮发射十四行》（*Sonnet On Seeing A Piece of Our Heavy Artillery Brought Into Action*）。

六　W. H. 奥登，1907—1973

经过了牛津、冰岛、西班牙、柏林和弗洛伊德时期，
经过了马克思和三十年代，然后是纽约、切斯特①和上帝。
逗留于坡伦理学②。对帕纳索斯山③的道德攀升。
然后是开支紧缩、歌剧剧本、马提尼酒、拖鞋、面容。
孕育于丹麦法区④，经过一次语言的变化和一场争议，
他是诗节的吠叫者、明星演员、传道解惑之士，
天才的生长年轮分明回响在他的嗓音之中。

---

① 应该指的是美国诗人切斯特·卡尔曼（Chester Kallman），诗人 W. H. 奥登后期的同性伴侣。

② 坡指的是爱伦·坡（Edgar Allan Poe，1809—1849）。1950 年奥登编过《埃德加·爱伦·坡散文选和诗选》，对爱伦·坡有非常精到的分析理解。

③ 见《来自希腊的十四行》注。

④ 英国历史上实施丹麦法的地区，包括诺丁汉郡、林肯郡等 15 个地区。

七　教训

据哈莫德[1]说，他在一次饮宴作乐的场合
听到一个人说认识吊死克拉姆林路监狱
最后一个人那天早晨做当值牧师的那位神父，
那犯人和人握手，走向刽子手时所说的话是：
“神父，这对我来说会是一个教训。”

---

① 可能指希尼的朋友大卫·哈莫德（David Hammond，1928—2008）。

八　毛令[1]的旁注诗

（出自爱尔兰语[2]）

在比我年长的人中，我懂得更多，
对任何喧闹行为皱眉不满；
在一群明星中，狂欢作乐的场合，
我被认为是一个更年轻的人。

---

① 毛令（Moling），希尼的长诗《迷失的斯威尼》（*Sweeney Astray*）中的圣徒。

② 本节四行是希尼从10世纪的爱尔兰古语诗改写而来的。

九　煤灰

尼芙给奥伸[①]的马是大的，但还是让我骑
风中的煤灰吧，晕乎乎，黑乎乎像比利国王[②]的黑发，

烟囱冒出的煤屑，空中飞扬，晾绳上的白衣
落满黑点子，那是一次低空飞掠、一场煤灰的癫狂。

---

① 尼芙（Niamh）是爱尔兰神话中的海神的女儿，奥伸（Oisin）是爱尔兰传说中最伟大的诗人，尼芙喜欢奥伸，把他带到了永葆青春的地方，生了儿子奥斯卡，女儿“女人之花”。三年过去了，奥伸想回已经过了三百年的爱尔兰，尼芙赠了他一匹白马叫做爱姆巴，警告他必须永远骑在上边，否则脚一触地就会变老。后来奥伸在帮助别人的时候不慎落马，一下子就成了老人，不久就死去了。

② 爱尔兰人称作比利国王的就是英国的威廉三世（1650—1702）。

十　一个诺曼人的明喻

你完美地保留了自我就像河水
如威尔士的杰拉德所说冲入阿克洛港湾
甚至在涨潮只可能有咸水的时候。[①]

---

① 威尔士的杰拉德（Gerald of Wales），大约生活在1146年到1223年间，编年史学家，有罗曼人和威尔士人两方血统。阿克洛（Arklow）是爱尔兰东海岸的一个城市。这一节是希尼获得诺贝尔奖后所写的第一首诗，本意是向诺曼·麦凯致敬，但也可以看做诗人的自况。

断　片

　　　　“光从东方照来，”他唱，
“是上帝的光明保证，浪安静下来。
我能看到海岬和被反复击打的悬崖。
　　　　常常，命运饶过它尚未圈定的人，
为了他卓著的勇气。”[①]

当他们的反对传达给他——
说他做得太过分，不给他们留
任何可寄托的东西，他的第一行和最后一行
既不在此也不在彼——
　　　　　　“从什么时候开始，”他问，
“诗的第一行成了诗的开头，
而最后一行成了诗的结束？”

---

① 本诗引文出自希尼翻译的《贝奥武甫》第2291—2293行，与原文略有不同。

辑二

关于他的英语作品

——纪念泰德·休斯

一

后这个，后那个，后他者，但最终
什么都没超过[①]。没有理解、揭示
或者宽恕。
　　　　　却常常超过一个人自身，
仿佛海岸，被汹涌的悲伤拍打
在一种仍能把语言打翻一旁的语言中。

---

① 这里连着几个“后”，讽刺的是当代西方理论中盛行的各种“后”思潮，比如后殖民主义、后结构主义等。

二

我快速读了一遍，然后回头看，
就像它是一座我刚从其下经过的桥——
位于阿娜霍里士[1]的铁轨之上，
单跨度、汇聚了多条铁轨的唯一靶心——
显得那么亲切，附垂着震颤的滴水，
有头腔共鸣效果的石头和它
贴地而听的拱形耳朵，像一个监听站
向阳光敞开，向孤独路上的灵魂
那几乎不可感知的世界敞开，两边
铁轨在沉默中闪光，我体内焦躁的部分
被齿轮、螺栓所固定的静止如此稳定下来，
我感到自己像从楼上房间[2]出来的人
不再焦躁，而是自信地行走于陌生之地。

---

① 阿娜霍里士（Anahorish），希尼上小学的地方，在伦敦德里郡。

② 楼上房间（upper room），耶稣和十二门徒最后晚餐的地方。《路加福音》22：12，和合本译作"一间大楼"；和合本修订本译作"楼上大厅"；吕振中译本译作"楼上一间大屋子"。

三

默受苦难：谁说这作为诗的主题
不被允许？《贝奥武甫》中，令人
惊愕之极的悲哀，掩盖的伤害
所导致的抑制和紧张，是它最精华的地方——
比如，当里德国王[①]的儿子无意中杀害了
他的哥哥，悲伤的罗网啪的一声把
里德自己关在里边时，这个儿子被杀死的
受屈的父亲，在爱和血缘关系的约束下
寻求让活下来的儿子赎罪补偿——

诗人从他的词汇表里写出怪诞的
故事，关于生活和挫败的爱，我在这里
复述它，回忆发生在达特穆尔[②]的地震，
发电厂在荒原的基坑里尖啸哀嚎，
好像我们夜行所到达的地方
不是预料中的乱石岗，而是地下的
阴沉大厅，魇住的沉睡者在那儿呻吟。[③]

---

① 里德国王（King Hrethel），是贝奥武甫的祖父。下节全文引自《贝奥武甫》第2444—2466行，和原文略有不同，诗中的国王指的是贝奥武甫的叔父海吉拉克（Hygelac）。

② 达特穆尔（Dartmoor），位于英国西南部的德文郡，以花岗岩高地著称。

③ 本句出自英国诗人欧文的诗《奇异的会面》（*Strange Meeting*），大厅指的是地狱，沉睡者是战死者。

四

“想象这样的痛苦：一个老人
有生之年竟看到他儿子的尸体
在绞刑架上晃荡。他开始为孩子
痛哭抽泣，而黑色的乌鸦
冲儿子吊着的地方幸灾乐祸：他毫无办法。
年龄带来的智慧对他来说没有用。
日复一日，他早上醒来，
一想到孩子死了，就没了任何
生的乐趣，除非有另一个继承人
诞生在大厅，既然眼下
这孩子已永远进入死亡之门。
他痛苦地注视儿子的居处，
所有欢乐都被剥夺的宴会厅，
风刮着壁炉的石头；骑手们沉睡，
武士们埋在地下；向之所是，永远不再。
没有竖琴的曲调，没有院里的欢声。
他一个人空怀想念，躺在床上
唱一曲悲叹之调；农场和原野，
每件东西都太巨大。
　　　　　　　　这就是那注定要遭受不幸的
大人物在事情发生之后
必须忍受的悲和伤。哪怕是国王
也没法子将做错的事纠正……”

五

灵魂有其顾虑。有些事不能说出。
有些事要藏在心中，让凌晨时分的眼睛
直愣愣地睁着。有些事须获得上帝
和诗歌的赞同。正如米沃什所说，这是
“从我们自身产生的红利”，是我们一直以来的坚持
所赐予的报偿。是我们可以拥有的东西。

仿奥登

——纪念约瑟夫·布罗茨基

是的，约瑟夫，你懂得那节奏。
威斯坦·奥登的韵脚
遵照它行进，轻重交替，
让威廉·叶芝安息[①]。

因此，约瑟夫，今天，
也就是叶芝的忌辰，
(被背叛、走向死亡的日子，
一月二十八日[②])，

以它的节奏，我再次踏出
四行一节，为韵律约束的步幅，
以此把悲伤和理性分配、发落，
如你所说，正属一首诗当所应做。

---

① 模仿奥登的诗《纪念 W. B. 叶芝》(*In Memory of W. B. Yeats*) 中的一行：William Yeats is laid to rest，威廉·叶芝已永远安寝(穆旦译)。

② 布罗茨基和叶芝死在同一天，1 月 28 日。

扬抑、扬抑，如此这般落去：
悲伤和音律因此赋予我们秩序。
重复是王道，是我们上学时
学来的诗句上打着旋[1]的玩意。

重复，也是对诗人内部
和世界之中的冷的重复，
那锁住都柏林机场的寒霜，
充满你胸膛的**死亡的僵硬**[2]。

这冰没有斧头或书能打碎，
贺拉斯的颂歌无法开启，
诗歌的韵脚无法刻上痕迹，
双行体凿不出印，四行体不能移，

这冰，有大天使的威力无伦，
这冰，属于此冷硬、两面派的月份[3]，
这冰，如但丁的深狱的冰
把你的心变成一口冰冻的井。

有一次，在马萨诸塞州西部

---

① 这里的“打着旋”（spin）是双关，亦即赋予这些诗行以新的含义，加以额外的粉饰。

② 原为拉丁文 rigor mortis，见前诗《马厩》相关注释。

③ 如前文所说，布罗茨基死于一月（January）。罗马神话中 Janus（雅努斯）有两个头，一个头看过去，一个头看将来，后来这个词演变为一月。

你所调配的胡椒伏特加酒
在等待朗诵开场的时分
温暖了我的精神和内心。

但无论伏特加，冰冷或热辣，
是阿夸维特，抑或额斯克鲍[1]，
都不能让血色重回你的面颊
也不能将重口味添入你讲的笑话，

那些政治不正确的玩笑，
影射性和宗教，
全都是对陈俗的背反，
喝着酒，像火车似的抽着烟。

去年夏天，芬兰的火车里，
我们愉快地谈天说地，
互相交换手稿和笑语，
我们俩全都如噼啪的鞭子

妙语连珠、肆无忌惮，
向西前往坦佩雷的城垣[2]
(对你意味着往西，当然，
和列宁的火车之旅相反)。

---

① 阿夸维特是白兰地，额斯克鲍在爱尔兰语或苏格兰语中原意是“生命之水”，现在指威士忌。

② 坦佩雷（Tampere），芬兰第二大城市。

再不会有了，疯狂的速读，
再不会有了，你倾侧的头部
仿佛一座思想起飞的甲板
伴随笑声与脑子里的灵光一闪，

再不会有了，那急智的双关，
再不会有了，你突破常规之限
飞洒挥出的那些潇洒跨行
越堆越高，一行行往上。

鼻子朝天[①]，把英语的油门
一脚猛踩到底，仿佛是一辆轿车
被你抢劫，从那英语的银行，
(把俄语当做你的备用油箱)。

神圣的语言不能逆转
时光在你身上造成的患难：
甚至你只持诸词语的不容置疑的信任，
也只能在此吃吃土尘[②]。

---

① 布罗茨基据称性格傲慢，所以这里说他“鼻子朝天”，可能有点善意的揶揄意味，也可能指他对诗歌始终保持的信念。

② 吃土在英文里的意思是失败。为和后一段的“尘土饼”呼应，遂直译为“吃土”。

但尘土饼——见《吉尔伽美什》[1] ——
还在喂养死者。所以，去他们那儿做客吧。
做奥登所说的，好诗人才有的作为：
把他们的饼咬开、掰碎[2]。

---

① 目前已知最古老的史诗，流传于四千多年前两河流域的苏美尔人之间。

② bite，break their bread，这里“咬碎”和“掰碎”英语押头韵，汉语即使碰巧能够也押头韵，也不具备原文的效果。其中 break bread（掰饼）指吃饭，在基督教的语境里有特殊的含义，指的是信众领圣餐。奥登有一句名言：Art is our chief means of breaking bread with the dead（艺术是我们和死者一起进餐，亦即亲密接触的主要方法）。

致齐别根纽·赫伯特[1]的阴影

你是那个从北风所起之处来到的
阿波罗偏爱的并在冬季必会返回其中的
那些人中的一个[2]。在你的人民之间你
依旧是他的信使无论他在何时离开，
大地是否沉默，夏天的承诺是否中断。
你从他那儿学的里拉琴，从没荒废。

① 齐别根纽·赫伯特（Zbigniew Herbert，1924—1998），波兰诗人。
② “那些人”指的是 hyperboreans，见前诗《从包里出来》注。

“要是他们还活着”①

一

草地的干草色，绣线菊和
点缀老年斑的蓼科阔叶草，在我们
注意到之前就已在那儿，傍晚仔细观察，
会看到它们草里冒出的脖颈。
　　　　　　　　　　“哪里？我还是看不见——”
“那儿。”
　　　　“啊是。真的啊，是的。多可爱。”
　　　　　　　　　　　　　　　　它们没有
因此跑掉。
　　　　那儿，像兴奋的空气。
光踏向草地的脚步，停在光线的中途。
心跳和瞳孔。对我们来说是一对儿。看啊。

① 标题出自莎士比亚《麦克白》第1幕第3场：Into the air; and what seem'd corporal melted/As breath into the wind. Would they had stay'd. 本诗第3节全文引用了这三行诗。

二

诺曼·麦凯[1]，从莫德林的群鹿中[2]浮现，
那些易受惊吓的动物静立在贝母草地，
好似石楠哨兵，却离石楠荒原太远。请如小鹿那样
警惕那些红衣兵，环球剧院[3]的卫兵吧，
消息说，树在走动，有人看到树在走动[4]。

（它们没动，他也没有出现。）

---

① 诺曼·麦凯（Norman MacCaig，1910—1996），苏格兰诗人。本诗先后提到的所有四个苏格兰诗人在希尼写此诗时都已去世。

② 莫德林（Magdalen）是牛津大学最大的学院，学院里有一个公园，每年花季过后有鹿。

③ 指的是伦敦的莎士比亚环球剧院。

④ 这里应该指的是《麦克白》里巫婆的预言：没人能击败麦克白，除非伯纳姆森林移动。剧中的英国士兵持从伯纳姆森林砍下来的树枝进攻，摧毁了麦克白的不败幻想。

三

《高地上的鹿》：
英语化的伊安·麦克盖本[①]
尝试了日本连句——
来到精神适意的地方[②]——
站在它稳稳的韵脚上。

而莎士比亚的“融入
空气，像呼吸吹入
风中。要是他们还活着!”
也同样。伊安的诗里
悲伤只是坐下、摇摆。

① 伊安·麦克盖本（Iain MacGabhainn，1928—1998），苏格兰诗人。《高地上的鹿》是他的组诗，1962年印有单行本，“高地上的鹿”典出《圣经·哈巴谷书》3：19：主耶和华是我的力量！他使我的脚快如母鹿的蹄，又使我稳行在高处（和合本）。

② 精神适意的地方（Where the spirit listed），应该来自《圣经·约翰福音》3：8：风随着意思吹（和合本，原文为 The wind blowed where it listeth）。

四

索雷·麦克利恩[1]。一个海市蜃楼。站在西方的
沙漠里，山脊上的一只牡鹿，俯视下方燃油烧尽的坦克。

① 索雷·麦克利恩（Sorley MacLean，1911—1996），苏格兰诗人。他在“二战”中参加过英军在北非的战斗，三次负伤。

五

乔治·莫凯·布朗[1]看到的是一只
喝水的鹿，倒影闪烁。如打了马赛克的
人类灵魂。湿漉漉的毛茛和常春藤。
这象征如此坚实，如同在奥克尼，
以基督和十字军的名义锻造的刻有图案的
盾牌，被打磨到内层成了表面，
仿佛泥炭烟雾从拜占庭弥漫而过。

---

① 乔治·莫凯·布朗（George Mackay Brown，1921—1996），苏格兰诗人，大部分时间住在苏格兰的奥克尼（Orkney）岛上，他的诗被认为具有一种独特的奥克尼性格。

最后的时光

威廉·王尔德爵士在《博因河美景》[1] 里
讲到一位工作到很晚的克劳那德[2]的修道士，
蜡烛熄灭了，他的鹅毛笔
被一道奇迹般的光的羽毛环绕，

他得以继续工作。阴影闪动、
墨色泛光、鹅毛闪亮，在这最后的时光
我需要一些类似之物：凭空涌现的
洪水和小溪，欣悦之毛细血管

一小股一小股溅落，如风中
牛尿的弯刀，这是大卫·汤姆森[3]

---

① 唯美主义作家奥斯卡·王尔德的父亲（1815—1876）。他是耳鼻喉科的医生，写过关于医学、考古学和爱尔兰民间故事的作品，《博因河美景》出版于1849年。

② 应该指的是贝尔法斯特的克劳那德（Clonard）修道院。

③ 大卫·汤姆森（David Thomson，1914—1988），苏格兰作家，BBC电台制作人。9岁时眼部受伤，几乎失明，被送到苏格兰一个叫做奈恩的地方，由外祖母照顾。下文的“黑房”，其实是失明的比喻性说法。他最有名的作品——1954年出版的《海上的人》讲苏格兰和爱尔兰关于海豹的种种传说，2000年再版时收入希尼为之写的序言。

在我内眼中映入的影像，当他想象自己
成了阴暗牛圈里的母牛，在春天里

被放出，嗅着没过臀部的草地上的绿色杂草。
黑房里的大卫，回忆录《奈恩在光和暗中》
一书的作者，他受伤的眼睛
看到年轻姑娘头发的波浪和瀑布，

男孩子的兴奋还没从这衣衫褴褛、
拄拐杖的人身上消失，似乎过了一辈子，
我才遇到他、读到他——风骚有趣之人，
从来没有比在路上更觉得在家，

惊喜带着他，就跟前边有一头海豹，
在阿伦群岛[①]的碎石海滩上踱步似的，
海豹穿着燕尾服和礼帽，打扮得着实迷人，
以他本人也会采取的方式，进入

一间酒吧或餐馆，就像从海浪中，
骑着海豚的脊背到岸的阿里翁[②]，
看似茫然，却能接受所发生的一切，
为多了一次听天由命的机会而高兴。

---

① 阿伦群岛（Aran），爱尔兰西部的群岛，由三个岛组成。

② 阿里翁（Arion），希腊传说中的诗人和歌手。他在船上被海盗打劫，海盗要杀他，他要求唱最后一首歌以拖延时间，他的歌声引来了海豚，于是他跳海求生，被一只海豚所救。

阿里翁[1]

我们都在船里忙着，
有人在上面拉紧船帆，
有人在底下划桨台推拉，
载荷既多，船体平稳，
我们的航行一路沉默，
舵手压舵随波起伏。
而我，视此一切理所当然，
给水手们唱歌。
　　　　　　　一阵急风
骤然袭来，刮起一场风暴：
舵手和水手们都死了。
只剩我，还在歌唱，被狭长的
涌浪冲上岸，继续歌唱，
对诗人的自我来说，这是一个谜，
安然无恙的我，在礁石下
把湿衣服在阳光里摊开曝晒。

（译自亚历山大·普希金的俄语诗）

---

① 见上一首诗注。

身体和灵魂

一　来生

就像跟随管理员吉姆·洛格，
踩着他例行巡视的脚步，
两周一次，把学校理发师剪下的
我们的头发从教室地板扫走，
督查寝室、静默的楼梯口
和食堂，那里摆着结实的刻有纹章的餐具，
底楼的走廊，成堆的脏衣服，
以及贴了标签送修的靴子。写在标签上的
是你的名字吗？你是身体还是灵魂？

二　五七年的夜

每天晚祷之后我们光脚
在学校前草坪上跑圈，踏过的
不是水仙①而是刈过的草，

脚跟骨和咚咚心跳，夏日里大口呼吸。
我年纪越大，就越快、越近地
听到那用力喘息的声音，并感到凉意。

---

① 水仙（Asphodel），古希腊传说中人死后所去的冥界，有一段水仙平原。

三　丧亲之人

人群分开。沿过道走在前头
如同新娘，或因音乐练习
而被准许早退的学龄男童——
享有这特权、却无人羡慕，单独
留在四面秃墙之间练习，
眼睛闭上，肩膀直挺，冰冷的手伸出来
停在键盘上。随之奏响的
完全不对味的钢琴乐，多么残酷。

从克劳莫尼到阿哈斯克拉夫[1]

——纪念劳里・卡瓦纳[2]

既然我们活着的人没了眼泪
以下事物将会为你而哭：
利特里姆[3]青苔地上突出的柳树，
你前边的那些人所说的“哭泣”的伤口[4]，
从克劳莫尼到阿哈斯克拉夫，淋雨的雕像，
大扇窗户上凝结的水珠
以及德里郡一个学校的走廊墙壁，
在那里，曾有一次，我用温热的手指
画了一张脸，哭泣着把自己冲毁
沿黑色的冷玻璃流下。

---

① 克劳莫尼（Clonmany），位于爱尔兰北部海岸。阿哈斯克拉夫（Ahascraph），位于爱尔兰中部。

② 劳里是希尼在寄宿学校时的朋友德・卡瓦纳的去世的儿子，希尼在其葬礼上读了这首诗，后边几行提到的德里郡的学校应该指的就是希尼和德・卡瓦纳走读的寄宿学校。

③ 利特里姆（Leitrim），北爱尔兰地名。

④ 英文里哭泣（weep）有伤口流脓的意思，这里应该是双关。另外，英文中“哭泣的柳树”指的是垂柳，所以，这里的伤口也包含了另外一层双关。

*

请你再次平静下来。请听我说。
你从没有上到我的阁楼书房，
越过楼梯口，到达第二段楼梯，
活梯一样又陡又深，回头往下
通向的是正在进行的生活。
　　　　　　　　　　即便如此，现身吧
让我有足够时间告诉你我的美梦。
　　　　　　　　　　到门前来吧
一扇我半梦半醒之间的门，一股
绿色洪水冲入，把我淹没，吐出
柔顺的海藻和一股乱流，裹挟巨大的
绿色百叶蔷薇[①]冲下楼梯。
没有让我慌乱的溺水感，阁楼冲下的激流
没有减弱迹象，没有什么比它
充得更满，装进太多水，
还封上口子，我害怕一旦用文字
写下，它就会消失。
　　　　　　　　但有了你在门前
我就能说得出来，也能哭泣。

① 这种花的花瓣常被厚厚一层绿色苔藓类植物包裹，所以前文称“绿色洪水”。

*

如果眼泪能够擦去[1]，
那也只能是在河国，
在高架辅路、无标注公路的交会处，
过了香农河，在萨克河
与科里布河之间[2]，一月份
某个下午的反季温暖中，一种
巨大的孤独洪水般淹没每个驾车开进
笼着牡蛎灯[3]般柔光的地方的人，
地方的名字对大多数人都是陌生的，
却能被你叫得出来，并被你宣告拥有，
如同一位做方言祷告[4]的人，在进阿哈斯克拉夫的
路上，被积水坑突然颠醒。

---

① 《圣经·启示录》21：4：神要擦去他们一切的眼泪。不再有死亡，也不再有悲哀、哭号、疼痛，因为以前的事都过去了（和合本）。

② 香农河（Shannon）是爱尔兰最大的河流，从北边的艾伦湖发源，往南往西注入大西洋。香农河往西，首先是北南走向的萨克河（River Suck），它向东注入香农河。再往西经过宽阔腹地（诗中的河国）才是科里布河（Corrib River），接近大西洋海岸。

③ 牡蛎灯，通常指装在天花板上的灯，隔着圆形的毛玻璃灯罩，发出的光比较柔和。

④ 基督教某些教派的祷告方式，发出一些流利但不可理解的声音，《圣经·哥林多前书》14：2：那说方言的，原不是对人说的，那是对神说，因为没有人听出来（和合本）。

斯茹斯[①]

——纪念玛丽·欧·穆里斯[②]

从艾利格尔山[③]
溅落的水，它
双语的奔流[④]和真理，

斯茹斯，似是
狂泻而下的急骤，
翻译成你的口音：

你打扮凌乱
在深喉的峡谷里
清洗脸庞。

大山和仙女。

---

① Sruth，爱尔兰语，溪流的意思。

② 作家、词典编纂者德梅德·欧·穆里斯（Diarmaid Ó Muirithe）的妻子，希尼很敬佩她面对癌症时所表现出的勇气。

③ 艾利格尔山（Errigal），爱尔兰北部的山，那里的居民还讲爱尔兰语。

④ 奔流（race），同时也有“种族”的意思，这是对爱尔兰人作为一个种族的明显的双关。

一面镜子的碎片。
你骄傲地仰头

为童年时属于**盖尔语少数派**[1]
而自豪，那些天女经常造访之地，
你会一再

告诉我听——
然后邀我去参观：
不管任何事发生，

只管过来，请一定，
看在你的分儿上，
不要忘了付诸行动。

清澈之水飞溅。
事物在广阔之野。
说出的词却是“癌症”。

而现在，事情已发生
我看到我所看到的
在那个你邀我的早晨：

---

① 讲爱尔兰语人口比例较小的爱尔兰语区。玛丽坚持讲爱尔兰语，但那时爱尔兰语和贫穷落后相联系，所以她“骄傲地扬起头”是一种坚持的姿态。经过后来的爱尔兰民族觉醒，一般民众才有了坚持使用民族语言的骄傲感。

露出脖颈的雪花莲——
像斯茹斯旁的你——
第一个进入春天的人[①]，

预示了即将发生的事。

① 苏格兰或英国北部的民间传说，元旦第一个访客会带来好运，但这个人最好是黑头发高个的男子，如果是女人或金发男子，在有些地方被认为不吉利。

看视病人

涂油礼等做过后，父亲确实让我想起
霍普金斯的《菲利克斯·兰道尔》[①]。
然后他就
（他应该也会这么说自己）“蜷在衣服里缩小了”——
幽灵一般，一个残留物——
这变化似乎是因为
他扔掉了某种幽灵性质的东西：
他身上那种没有归属的、荒原的部分，
有点罗森布鲁亚[②]的气质，以及他十八岁的
责任，那时他走在赫克瑟姆的大街上，
拿着鞭子，不得不用运牛船把他叔叔的
尸体带回家。

一开始是赶灵人，后来是挥舞赭色锈铁条的人[③]。

---

① 希尼这首诗多处明指或暗用霍普金斯（Gerard Manley Hopkins，1844—1889）的十四行体诗《菲利克斯·兰道尔》，比如第一句“涂了油和诸如此类的”和“马蹄铁”那句。

② 罗森布鲁亚（Northumbria），7世纪时在现在的英国东北部形成的一个盎格鲁人建立的王国，现在的罗森布兰郡，下一行的赫克瑟姆（Hexham）是罗森布兰郡的城市。

③ 希尼的父亲从事贩牛业，用锈铁条（keel）在牛身上做红色的标记。

再听不到你擦亮的拖鞋哒哒响。

再看不到那牛粪色的粗花呢，公牛血色的皮革。

*

估价员的眼睛，记账员的头
知道哪一年哪片土地上有些什么牲口……
但那都是过去了。连警惕神色也消失了。
他的笑容是夏天的半截门[①]，可以同时向外开
向里关。一道缓解的光。
为此我们得感谢给他注射的吗啡。

① 又称荷兰门，上下可以各自独立开合。

电灯光

蜡油凝住灯芯灰……
滴在苍老变形的拇指
那损坏的指甲盖上，成了皱缩的珍珠，

褶皱的石英，东西乱扔的库迈城[①]。
在那座我平生第一次看到电灯光的房子里，
她坐着，毛皮里的毡拖鞋，拉链敞开。

年复一年，坐同一把椅子，
低语轻声，最响时也高不过
窃窃私语。那晚，我被留下过夜，

哭啊哭啊没完，缩在衣服里，
让卧室开着的灯，白白浪费光亮，
这使我们两人都陷入绝望，“你怎么了，孩子，

你怎么了，看在上帝的分上?”那个急迫的

---

① 公元前8世纪希腊人在意大利那不勒斯西北建立的第一个殖民区。

齿擦音“ails”[①] 显得遥远、古老。骇人的岩洞水
拍打船码头。她的无助提供不了帮助。

*

口齿含混。女巫式英语的漩涡。
最终，可怜的灵魂[②]，我会及时意识到
在一条船和船坞之间泼溅的水花，

被渡船搅动，沿贝尔法斯特湖而下
转乘早班火车，那额头抵住车窗玻璃的运输，
奔向属于诗歌本身的“你在那儿与你在哪儿”

这样的问题。一座座房子的背面
如同她的房子背面，飞闪而过的英格兰庭院
朝向铁路摆放着食柜和熨平机，

一个站在田野垄亩之间的稻草人，
然后是一个城郊的足球场，地平线的腹股沟，
一片片谷物生长的农田，如金帐之地[③]。

---

① 在爱尔兰语中是有什么问题的意思。前句连续两个“你怎么了”，就是用的 ails 这个词。

② 原为拉丁文 animula，可怜的人、灵魂。

③ 金帐之地（Cloth of Gold），英国国王亨利八世和法国国王弗朗西斯一世会面的地方，当时属英国，现在属法国。亨利的帐篷是用金丝织成的，所以把会面的地方称作金帐之地。

我也来到南沃克区[1]，
出地铁口进入阳光下，扑面而来
泰晤士这“异国海岸”的马耀拉河[2]气息。

*

如果站在靠背椅上，我可以够到
灯的开关。他们让我，他们看我那样做。
那个小凸点一摁就能让奇迹发生。

转一下无线旋钮，表盘就会
亮起来。他们让我，他们看我那样做，
随我在世界各地的电台间任意转换。

然后他们走了大本钟敲完了新闻
也结束了。收音机关掉，
电源断掉之后留下一片静寂

除了织针的叮叮声，烟道里风的呼呼声。
她坐着，毛皮里的毡拖鞋，拉链敞开，
电灯光从上面笼罩我们，我恐怕

---

① 南沃克区（Southwark）是英国伦敦的一个区，乔叟《坎特伯雷故事集》里旅行者们一开始聚集的地方，本节最后一行的“异国海岸”（straunge stroude），就是乔叟书里所用的词，一个同时押头韵和腹韵的表达，效果强烈。

② 马耀拉河，流经希尼家乡的小河，参见《真名实姓》注。

她指甲上的燧石和裂缝吸纳尘土，
如琴拨坚硬，闪闪发光，一定还保存在
德里郡埋着珠子和脊椎骨的地下。

译后记

《电灯光》出版于2001年，是希尼的第十一部诗集，其中几首诗，比如组诗《来自希腊的十四行》，写的是他1995年获得诺贝尔文学奖前后的情景，当时希尼夫妇和画家德米特里夫妇在希腊旅游。组诗的第三首说早上醒来，感觉好像忒勒玛科斯，“在白石灰粉般的晨光里重又年轻”，表达了一种兴奋、喜悦之后的陌生感，也暗示了诗人的自我认识必须得到更新和发展。接下来的问题是，如何从海平面寻找新方向的起点。《电灯光》这本诗集，从某种角度来说，就代表了这样一种对自我认识的更新和发展的努力。

诺贝尔奖是一个终生的成就，对于正当盛年的作家来说，如何在获奖之后还能在写作上再进一步，而不被盛名所累，停滞不前，就成了一个巨大的挑战。也许是因为他在此前已经获得了巨大的声誉的原因，希尼并没有表现出多少焦虑，似乎发展和深化对他而言就像河流的自然流动，在到达终点之前，可以改道，却无法中断，还有充足的余量继续吸收下游注入的溪水。《旁注诗》第十节是他获奖后所写的第一首诗：

> 你完美地保留了自我就像河水
> 如威尔士的杰拉德所说冲入阿克洛港湾
> 甚至在涨潮只可能有咸水的时候。

从这节诗可以看出诗人持续精进的雄心，《电灯光》这部诗集使得他保持了自我的“甘甜”，即使处身于广阔的“咸水”之中。这种对自我的清醒把握是诗人获得深化、发展的根本。

《电灯光》有两个主题，第一个主题是个人生活的回忆，主要集中在诗集的第一部分。这些记忆包括童年时医生来家里给母亲接生（希尼是九个兄弟姐妹中的老大），中学时演莎士比亚，和后来的妻子玛丽在学生会举办的舞会上跳舞，他们孩子的出生，然后就是接踵而来的生老病死。从某种程度上讲，《电灯光》是诗人对自己一生的片段式的回顾，记忆中的片段似乎还保持着当时的鲜活。在个人生活的片段中，穿插了科索沃的难民悲剧、爱尔兰的暴力冲突等时代背景，再加上贯穿始终的对维吉尔、莎士比亚、但丁和希尼自己翻译的《贝奥武甫》等传统经典的化用和引述，从而在个人审视的基础上，增添了历史的纵深感、时代的相关性，形成一个三维的诗学空间，既有扎实的事实根据，也有高于其上的情怀，在诗歌技巧上达到了一个新的高度。

第二个主题是哀歌，主要收集在诗集的第二部分，纪念去世的前辈诗人和同时代诗人，包括泰德·休斯、布罗茨基、齐别根纽·赫伯特、诺曼·麦凯等，以及诗人的亲友，父亲和祖母，包括高中同学的儿子等。希尼对逝去诗友的怀念旨在让人认识到一个精神传统的生命力，没有因一代一代传承者肉体的消失而丧失其持续性，反而得到了加强；而对亲友生老病死的回忆又在主题上呼应、深化了第一部分的“回忆”主题，尤其是最后一首《电灯光》，想象祖母死后入土为安的情景：

她指甲上的燧石和裂缝吸纳尘土，
如琴拨坚硬，闪闪发光，一定还保存在
德里郡埋着珠子和脊椎骨的地下。

个人记忆、爱尔兰的泥泽的神秘和人类历史在此汇合，得到了最深刻有力的表达。本诗集的名字从这首诗而来，看来并不是偶然，而是希尼对本诗集的主题充满灵感，也极具厚重感的准确把握。

从体裁上来讲，薄薄一本诗集包括了几乎所有的诗歌形式：抒情诗（包括前边几首短诗《鲈鱼》《羽扇豆》，后边的《衣服的圣殿》，以及大部分回忆性的诗）、哀歌（《仿奥登》《致齐别根纽·赫伯特的阴影》《“要是他们还活着”》）、传承自维吉尔的牧歌（《巴恩河谷牧歌》《格兰默牧歌》）、翻译或对翻译的改写（《维吉尔：〈牧歌〉第九》，普希金的《阿里翁》）、十四行（《来自希腊的十四行》）、歌谣（《格兰默牧歌》里改写自古爱尔兰歌谣的夏歌）、古爱尔兰旁注诗等。其中，不同诗体也常常出现在一首诗里，比如纪念泰德·休斯的哀歌《关于他的英语作品》，整个第四节就是来自《贝奥武甫》的翻译，另外，回忆诗和抒情诗也很难区分开来。

如此丰富的题材和体裁压缩在一本有机的诗集里，却并不显纷乱，也没有给人以炫技的感觉。这也许是因为整本诗集有一以贯之的东西在，是个自然生长的结果，而不是选集的机械组合。据希尼说，一开始他打算用其中一组诗的题目《真名实姓》作为诗集的名字。原因很明显，整部诗集除了个别例外，基本都是诗人真实生活的回忆，提到的人物相当一部分都是诗人不同生活阶段的朋友、同乡，而非名人。这个题目的好处在于，一方面突出回忆的私人性，用作者的自我回顾给诗集以统一性的约束；另一方面，也是诗人风格的一贯品质的呈现，也就是说，他的诗就是一本个人史，因为所有的内容都是真实发生、真名实姓，并无虚构假想。

直到他写出最后一首诗《电灯光》之后，希尼才确定了诗集的名字。在那首诗中希尼描写了他童年时第一次见到电灯光的情景，那是在他祖母家里。记忆中明亮的电灯光在年迈的诗人脑海里豁然一亮，和安魂弥撒曲里的诗句“永恒的光照耀他们”发生了主题上的关联；他忽然意识到，“光”贯穿了整部诗集的始终，这首诗中的光，就是统一全书的主题之光。从第一首诗《在图姆桥边》里的负离子，到《真名实姓》里诗人童年时恋慕的麦克妮可儿家的烟囱火花“闪烁的永恒”，到祖母家的“电灯光”，正如莎士比亚的一句诗“只需那么一行便足以把生命线维持”所概括的那样，有一种永恒的维度；另外，还有闪光的巴恩河、巴利纳欣奇湖、科林医生眼睛的蓝光、阿斯克勒庇厄神庙的“白日之眼”、恶魔格兰戴尔留下的巨大爪印里的积水映照的残暴之光、希洪峡谷里的地狱之火、孔波斯特拉的昏暗星光、布里吉德竖起的太阳光、圣方济各手掌上的圣痕、桑迪芒特海滩上展开的大地之光等，不胜枚举。难怪作者说，他的脑子里满是光、光。

虽然“光”是一个最容易被抽象理解的象征，但是这些不同的“光”都是在具体语境下闪耀的，是服务于事物的，而不是诗中的人和事膜拜的对象，换句话说，希尼的主题不是也不可能是宗教，虽然其天主教背景有助于了解希尼的身份意识。比如电灯光里的电灯光和蜡烛光的对比，以及与深埋地下的祖母骨殖的黑暗的对比，就很有意味。蜡烛光和电灯光都是人为的光，蜡烛光的暗和电灯光的亮是相对的，在作者的记忆里甚至是明暗相反的，在黑暗里“闪闪发光”的人类骨殖的映衬下，两者之间哪个更亮，哪个更暗，都在诗人的笔下成为值得反思的问题，对人类处境的认识也必须从这样的问题出发才可以避免简单化。在西方，对希尼的指责往往集中在他不愿意在一些政治问题上站队、作明确表态，中国诗人在中国也往往会面临类似的指责；但中国对希尼的接受却一直把他归为那类对社会、政治有积极担当的诗人。这个判断我虽然认为是对的，但是我更认为它的遮蔽性大于阐释性。希尼自己在不同的访谈里也多次谈到过这个问题，认为自己是诗人，承担诗人的责任，而不是政治宣传家。

弗罗斯特面对大自然发展出一种美国式的个人主义，“工具”对他来说是一种个人生存在大自然之黑暗中不可或缺的“武器”，饱含了个人和大自然关系中的亲密性、非致命的对抗性；类似的，或者相对的，希尼对“工具”有一种文化意义上的身份意识，比如，他最有名的诗《挖掘》里像手枪一样粗矮的笔，正如文德勒等一些批评家所论，传达了鲜明的爱尔兰意识，其中劳动和写作的象征关系被“枪”的比喻复杂化了，能够从中看出希尼对爱尔兰局势的关心和理解。可以想象，同时代的英格兰诗人也许可以在劳动和写作之间架起桥梁，但因为英格兰的全方位优势地位，很难想象英国诗人，比如拉金，会把“枪”的暴力象征引入古老的劳作主题之中。这是一种身份的诚实、是在个人处境和民族文化的关系之间做出的准确定位，虽然这种诗歌上的“准确”并不是那么自明的，甚至有可能不是作者有意识的选择，但在诗人电闪雷鸣般的瞬间把握下，直觉、灵感、现实、个人、时代、政治，所有这些元素都在一种艾略特所说的化合作用下，融和为一个极具概括力的象征。

希尼写他父亲弥留之际，称他为“brandisher of keel”。从字面上看，brandisher 是挥舞者的意思，荷马史诗里会说，brandisher of lance（挥舞长矛的人），希腊神话里的女神雅典娜，其称号 Pallas 的本意就是 brandisher of lightning（挥舞闪电者、掌电使）。而 keel 的意思是船的龙骨，也可以泛指船。那么希尼的父亲就是一个“船的龙骨的挥舞者”。进而可以推测希尼的父亲有可能修过船，所以会扛着船的龙骨。但船的龙骨是那么好挥舞的？即使是小船，也不大容易吧。一个偶然的机会，我查到 keel 有一个义项，在爱尔兰或者北部高地方言里，keel 指的是腐蚀的铁，用来在羊身上做标记。然后，这个意思在其他的来源也得到了确认，指的是一种用来标记羊的赭石粉笔。希尼的父亲做过牛贩子，在牛市买牛，贩运回来再卖给村民，因为经验丰富，所以总能挑出好的牲口，所以也有村民直接委托他去买牛。虽然 keel 是用来标记羊的，但是在牛身上也可以标记啊。这个句子一下子落到了实处。我基本可以确定这就是希尼的本意，体验到了上下求索，钩沉索隐，一下子云开雾散的乐趣。

希尼称父亲是这种笔的挥舞者，其实也是把他比喻为神话中的战士，因为挥舞者的形象就是战士的形象，战士挥舞着武器。完全延续了希尼在《挖掘》一诗里把自己的笔比喻成武器的思路。

20 世纪 80 年代，企鹅当代英诗选想收入希尼的诗，希尼拒绝了：

我的护照也许是绿色的
但请注意，我们的酒杯不会为女王举起。

这两行诗被认为是希尼政治态度的明确宣言。我忽然想到，这个酒杯其实对希尼来说也是一种武器，是对这个武器隐喻的深化。但是这种武器不是用来进攻，而是用来收回。对希尼来说，爱尔兰的身份是对英国身份的一种反对，但这种反对是一种身份的退守，而不是进攻，希尼并不赞成暴力。

正如上文所说，希尼诗歌最重要的特点就是，几乎所有的内容都有事实根据，而不是空想驰骋的结果。因此，希尼的诗，如果有不确定之处，那么基本都是因为没有理解；理解之后，没有游移不定的东西，所有的词句都可以在意义上得到确定。翻译这样的诗，一方面比较简单，也就是说，假如说有不确定的地方，那么可供译者腾挪的空间很小，用不着一一过滤很多种不同的歧义，因为你从一开始就知道，之所以不确定，唯一的可能性是你没有理解原文，绝对不可能是诗人在“故弄玄虚”，所以，你唯一需要努力的方向就是：多读、多问、多研究，看看最终能否理解。另一方面，翻译这样的诗又很难，因为完全的理解又谈何容易！不仅要求对诗的时代背景有着深入的了解，也要求对词的语义源流、诗人的私人生活、对经典的化用有基本的把握，并融会贯通，才有水落石出的可能。另外，困难还在于，一方面必须把意思清楚表达出来（这本身已不容易），另一方面必须避免为了达意而把译文变成复述。翻译过来的文字必须简练、准确、不多不少。这虽然不容易，但我认为是可以达到的目标。

重要的是，遇到难点、“模糊”的地方，绝对不能“混”过去，以为查查词典，把词义堆上去就完了，尤其是对希尼这样的在词语上着力甚重的诗人，没有译者自己的理解和判断是不可能翻好的，机械地堆积词典义项，那样的活儿小学生也可以做；可虑的是这样的词典堆积式翻译，在我们时下的翻译界不在少数，有人甚至觉得现代诗歌就应该模糊、朦胧，明白了反而不对了；这样的翻译观念似是而非，如果说在 20 世纪 80 年代资料匮乏的情况下还有其意义的话，现在再这么做，就不可接受了。另外，不能把这样的翻译观和直译混淆，我认为直译是涉及译者的理解和判断的，直译不等于偷懒，也不等于亦步亦趋，更不等同于译者水平不够只能堆积词典义项（虽然不乏这样的译者矫直译之名）。当然，理解了才可能判断，才会判断，不理解就不敢判断，也往往会导致不作为，只是堆积词典义项，以为会更安全，其实并非如此；判断有对错，但理解后的判断出错的概率很小，倒是不理解、不作为的义项堆积的错误概率更大，在希尼这里，这个概率无限接近 100%，模糊化、朦胧化别的诗人也许还可以（也许），这样对待希尼却属于观念上的方向性错误。至于理解，也不能是“只在此山中”的理解，必须能跳出来，尤其是对希尼这本诗集，必须要能看到与之互文的背景。判断也并不总是等于做出妥协，也绝不是抹杀了留白，我说的判断是理解的判断。理解、判断之后怎么找出“对等”的措辞是另外一个问题，在此就不多谈了。

这样一本薄薄的诗集，花了太多时间，初稿完成后，又回头看了很多遍，很多句子都在脑子里背过了，想到什么赶紧回去再对照一下，怕有什么疏忽，到了后来，细玩其义，趣味盎然，少则几日，多则旬月，最后几乎都有柳暗花明的那一刻。但最终还是有极个别不能完全确定的地方，比如《书架》一诗中的 druggy hinges（嗑了药的合页），这个 druggy 的本意当然是“嗑了药的”，但在这里也许应该做比喻性的理解，比如施了润滑剂的（无法查证），或者是从嗑了药的效果来，迷幻的、恍惚的，这也是初稿中我采用的译法，但所有理解都缺乏原文中的逻辑关系的限定，琢磨来琢磨去始终难以定论，最后索性就用其本意，比较粗暴，粗暴有粗暴的好处，虽然如此让人始终无法放心，但也是无可奈何。另外，翻译中肯定也会有疏忽不察之处，或者是过来过去、没有细究之处，尤其是看起来“人畜无害”，其实暗藏陷阱的文字，最容易被忽略。也肯定会有个人的盲点，先入为主的地方，虽然经过多次重读、校阅，这些地方应该已经减到最少。只能期待随着时间流逝，理解力的加深，有了新的认识后再做修订，同时也期待各位读者、方家批评指正。

另外，关于本书的注释。原文当然是没有注释的，对读者的要求很高，因为这本诗集的特点就是个人回忆、经典传统、当下政治的交汇错杂，有点类似于我们的杜甫、黄庭坚这一路“无一字无来历”的诗歌传统，没有一定的对西方经典和社会见闻的了解，以及相当的知识储备，往往会不知所云。浮皮潦草读一遍根本没用，因为各种典故在历史文本和现实生活之间交相指涉，不仔细琢磨是体会不出来的，比如前文提到的龙骨（keel）一词，没有对作者个人生活的一定了解，很难有正确理解，即使英语为母语的人也不例外。因此，为了方便中文读者理解，我添加了必要的注释，总共有 230 多条。注释的基本原则是，人名和地名，除了众所周知的比如莎士比亚、但丁、爱尔兰等之外，必注；但都注得很简单，除非和内容有意义上的联系，才会多说一两句。另外，历史典故和经典文本的引用都有简要的注，措辞尽量让人明白和正文的关系。个别地方在原文中能让人看到一些逻辑上或者意义上的联系，但翻译过来就很难达到这个效果，除非添加很多原文没有的内容；在这样的情况下，我依旧选择直译，但会在注释中略微提点，以助理解。所有注释都尽量简明扼要，不多说和原文没有关系的话，目的只在于给有兴趣的读者打开一扇探索之路的门。我们必须知道，不管是希尼还是任何其他诗人，意思明白了才是第一步。如果想要更深入地了解希尼，读者就必须打开这些探索之门，付出自己的努力，才能得到最大的收获。

去年冬天，我和来亚特兰大访学的雷武铃一行人爬本地名胜“石头山”，快到山顶，在大片光秃秃的花岗岩上，遇到一对来自爱尔兰的年轻男女，看起来应是恋人的样子，自我介绍说来自爱尔兰，我随口问他们知道谢默斯·希尼吗，心里想他们这么年轻，应该不会知道希尼，一个再严肃不过的诗人。没想到那个男孩的两眼突然闪现一种光彩，隐约的羞涩神态也消失了，说，“当然了，在爱尔兰，他就像神一样”。听到那样的回答，我忽然觉得希尼的一生就在此时此刻焕发出光彩，生机勃勃，就像那对年轻的恋人身上洋溢的爱一样。虽然我很反对神化一个诗人，但是希尼的写作深深植根于爱尔兰的土地和语境，也得到了爱尔兰人的理解和爱戴，却是不争的事实。

希尼虽然赢得了广泛的民族认同，却绝不是一个容易的诗人。从来没有一个诗人如希尼那样，把平实和晦涩，两种完全对立、难以调和的美学取向融为一炉、互为表里，呈现一种有机的整体样貌。希尼的诗风格朴实，一般来说，整首诗的结构不复杂，几乎很少使用现代诗中常见的、用意义的转折或发展来结构一首诗的技巧，但却用最经济的用词把看似松散的材料绷得紧紧的。具体到每一行诗句，往往是一些名词结构的组合，不是现代派那种名词意象的并置交错，而是一些类似句子，但却没有动词的名词结构的组合。这样的句子虽然没有动词，却不会垮塌，似乎动词的力量分散到每一个楔子和结构的细缝之间了，透着一股子生气。细分到每一个词，都有沉甸甸的着力，但并不是笨重的大长词，而是短小精悍的短词，既经济又饱满，每个字母平摊的力道更多了，而不是被分薄了。

这些词，只有极个别的才是地方色彩很浓的词，比如“斯茹斯”（Sruth），还有作者称呼帕纳索斯山的那几种爱尔兰语称谓。诗人在用这些词的时候会很小心，在诗的正文里就给以充分的解释，根本不用读者去查专门的词典。不过，一般说来，希尼用词生僻，大量使用非常规词语，虽然这些词基本都很短小，乍一看似乎很容易的样子，但这却是错觉。大家可以想象一下，在当代汉语诗里引入一些先秦两汉之间、现在已经不用的单音节词是什么效果。但是希尼这样用词却并不显得突兀，表现出极为高超的语言能力，这些词虽然不能“横看成岭侧成峰”，但那只是因为你身处其中而已，跳出来才能在其上下文之间看到其奇崛瘦硬之处。当然，不可否认，从另一方面讲，这样用词的自由度也是英语语言的巨大可塑性的体现。显然，这个效果汉语是没法再现的；尽管如此，相信希尼的“难度”在翻译中也会有相当的表现，之所以给难度一词加引号，是因为这个难度，正如上文不厌其烦指出的，并不是不可索解，故弄玄虚，都有确定的意义，必须仔细琢磨才行。我想，诗的魅力也不外如此吧。

确实，读希尼的诗，读者的愉悦从每个词就开始了，而不是从句子才开始。但最难能可贵的是，从更宽泛的诗学特征上来讲，希尼的诗始终沉在爱尔兰的低地沼泽里，粗粝，绝对没有丝毫的油滑，也没有平静生活容易导致的自我满足，即使在后期的诗作中也保持并发展了一贯的强力风格，有老年的明悟，却没有老年的妥协，这绝不是一件容易的事。这可能是因为小时候艰苦生活的磨砺，也可能是诗人自己有意识的锻炼。这样的品质既是偶然，因为它的艰难，似乎不大可能找到一个时代的个体得到最大程度的体现；但同时也是必然，因为希尼的生平、天赋、性格、他所付出的努力，都为这些品质的命运式呈现提供了最佳的载体。

在本书的翻译过程中，胡一红提供了无私的帮助，我把翻译分享在网上，每一首诗出来，她都会第一时间给我反馈，包括原文的理解、中文的措辞，也包括编辑校对方面的问题，还帮我查阅了大量的英文资料。另外，我还就一些难点请教了顾爱玲（Eleanor Goodman），得到她慷慨的帮助。老朋友周琰和王敖也提出了宝贵的修改意见。编辑吴小龙通读了全书，字斟句酌，提供了重要的参考意见。考虑到希尼的难度，我曾请我的老同学柯文（Kevin Lawrence）共同翻译，却因适值他生活变故而无法继续。在此，我想对朋友们的热心帮助表示感谢！

杨铁军
2015 年

ELECTRIC LIGHT
by SEAMUS HEANEY
Copyright © 2001 BY SEAMUS HEANEY
This edition arranged with FABER AND FABER LTD.
through Big Apple Agency，Inc.，Labuan，Malaysia.
Simplified Chinese edition copyright © 2016 People's Publishing House of Guangxi Co.，Ltd
All rights reserved.

桂图登字：20-2014-159

图书在版编目（CIP）数据

电灯光 /（爱尔兰）希尼著；杨铁军译 .—南宁：广西人民出版社，2016.7（2021.7 重印）
（希尼系列）
ISBN 978-7-219-09760-1

Ⅰ. ①电… Ⅱ. ①希… ②杨… Ⅲ. ①诗集—爱尔兰—现代
Ⅳ. ① I562.25

中国版本图书馆 CIP 数据核字（2016）第 013603 号

电灯光
DIAN DENG GUANG
［爱尔兰］谢默斯·希尼 / 著　杨铁军 / 译

责任编辑　吴小龙　许晓琰
责任校对　唐柳娜
封面设计　刘　凛
责任排版　梁敏芳

出版发行　广西人民出版社
社　　址　广西南宁市桂春路 6 号
邮　　编　530021
印　　刷　恒美印务（广州）有限公司
开　　本　889mm × 1194mm　1 / 32
印　　张　4.75
字　　数　115 千字
版　　次　2016 年 7 月　第 1 版
印　　次　2021 年 7 月　第 2 次印刷
书　　号　ISBN 978-7-219-09760-1
定　　价　48. 80 元

版权所有　翻印必究